Monsieur De Talleyrand

Charles Augustin Sainte Beuve

Edition : Culturea (culurea.fr), 34 Hérault
Contact : infos@culturea.fr
Impression : BOD, Norderstedt (Allemagne)
ISBN : 9791041977703
Date de publication : juillet 2023
Mise en page et maquettage : https://reedsy.com/
Cet ouvrage a été composé avec la police Bauer Bodoni

Monsieur de Talleyrand

I

Écrire la vie de M. de Talleyrand n'est guère chose possible, et je ne crois pas que la publication de ses Mémoires tant désirés et tant ajournés, si elle se fait jamais, y aide beaucoup. Acteur consommé, M. de Talleyrand, plus encore qu'aucun autre auteur de Mémoires, aura écrit pour colorer sa vie, non pour la révéler; s'il avait l'àpropos en tout et savait ce qu'il faut dire, il savait encore mieux ce qu'il faut taire. Les rares privilégiés qui ont entendu quelques parties de ces fameux Mémoires ont paru surtout enchantés et ravis d'un récit de première communion (la première communion de M. de Talleyrand!) et de ses premières amours de séminaire: ce sont là en France de charmantes amorces, et qui prennent tout lecteur par son faible. Ce maître accompli en l'art de séduire et de plaire aura certes bien su ce qu'il faisait en triomphant de sa paresse pour écrire. Mais ce n'est point la vie de M. de Talleyrand que sir Henry Bulwer a eu dessein de retracer[]; il a choisi exclusivement l'homme public, et chez celuici les principaux moments, et pas tous ces moments encore au même degré. Il s'était proposé pour étude un certain nombre de personnages qu'il appelle représentatifs d'une idée, d'une doctrine ou d'une forme de caractère, et M. de Talleyrand tout le premier lui a paru un de ces types les plus curieux. Envisagé à ce point de vue, l'essai de sir Henry Bulwer, sans être complet, est tout à fait digne de l'homme d'État distingué qui l'a écrit, et il est piquant, pour nous Français, autant qu'instructif, de voir des événements et des hommes avec lesquels nous sommes familiers, jugés dans un esprit élevé et indépendant, par un étranger, qui d'ailleurs connaît si bien la France et qui, de tout temps, en a beaucoup aimé le séjour et la société, sinon les gouvernements et la politique.

Né le février en plein dixhuitième siècle, d'une des plus vieilles familles de la monarchie, fils aîné d'un père au service et d'une mère attachée à la cour, CharlesMaurice de Talleyrand, entièrement négligé de ses parents dès sa naissance et qui, disaitil, «n'avait jamais couché sous le même toit que ses père et mère», éprouva au berceau un accident qui le rendit boiteux. Disgracié dès lors, jugé impropre au service militaire et à la vie active, sa famille le traita en cadet, le destitua formellement de son droit de primogéniture, et le condamna à l'état ecclésiastique. Après ses études faites au collége d'Harcourt, il entra au séminaire de SaintSulpice, et se distingua dans les exercices de théologie.

Plus de soixante ans après, au terme de sa carrière, M. de Talleyrand, adressant à l'Académie des sciences morales et politiques l'éloge de Reinhard, prenait plaisir à remarquer que l'étude de la théologie, par la force et la souplesse de raisonnement, par la dextérité qu'elle donnait à la pensée, préparait trèsbien à la diplomatie; c'en était comme le prélude et l'escrime; et il citait à l'appui maint exemple illustre de cardinaux et de gens d'Église qui avaient été d'habiles négociateurs. On aurait pu croire vraiment, à l'entendre parler de la sorte, que son apprentissage de Sorbonne avait été aussi le début le plus naturel et le mieux approprié à sa future carrière.

Il n'est pas moins vrai que le jeune abbé malgré lui, fier et délicat comme il était, dut ressentir avec amertume l'injustice des siens: quoique d'un rang si distingué, il entrait dans le monde sous l'impression d'un passedroit cruel dont il eut à dévorer l'affront; il se dit tout bas qu'il saurait se venger du sort et fixer hautement sa place, armé de cette force qu'il portait en luimême, et qui déjà devenait à cette heure la première des puissances,l'esprit.

Si la théologie avait pu être en passant une bonne école de dialectique, il faut convenir encore que cette nécessité où il se vit aussitôt de remplir des fonctions sacrées, sans être plus croyant que l'abbé de Gondi; que cette longue habitude imposée durant les belles années de la jeunesse d'exercer un ministère révéré et de célébrer les divins mystères avec l'âme la moins ecclésiastique qui fut jamais, était la plus propre à rompre cette âme à l'une ou l'autre de ces deux choses également funestes, l'hypocrisie ou le scandale. Déplorable régime, malsain en tous sens! Le cœur, pour peu qu'il y soit disposé, y contracte une corruption profonde.

Le goût peut n'en point souffrir, il peut même s'y raffiner et s'y aiguiser, et on le vit bien pour l'abbé de Périgord. On raconte que ce fut par un bon mot qu'il rompit pour la première fois la glace, et qu'il força l'entrée de la carrière. Il était au cercle de Mme du Barry: les habitués y racontaient tout haut leurs bonnes fortunes; le jeune abbé de vingt ans, trèsélégant sous son petit collet, «avec une figure qui sans être belle était singulièrement attrayante et une physionomie tout à la fois douce, impudente et spirituelle», gardait le silence. «Et vous, vous ne dites rien, monsieur l'abbé? lui demanda la favorite.Hélas! madame, je faisais une réflexion bien triste.Et laquelle?Ah! madame, c'est que Paris est une ville dans laquelle il est bien plus aisé d'avoir des femmes que des abbayes.» Le mot, répété à Louis XV par la favorite, aurait valu à l'abbé de Périgord son premier bénéfice. L'anecdote est digne d'être vraie, et la porte d'entrée était bien choisie.

Cette première existence de l'abbé de Périgord, homme de plaisir en même temps qu'agent général du clergé, et qui, à la veille de la convocation des états généraux, venait d'obtenir l'évêché d'Autun, n'est que trèsrapidement esquissée et à grands traits par sir Henry Bulwer, qui est pressé d'arriver à l'homme public. On voit pourtant quelle était l'opinion que s'étaient déjà formée du personnage ceux qui l'avaient observé de près; et, dans la Galerie des états généraux, dans cette première et fine série de profils parlementaires dont le la Bruyère anonyme était Laclos, à côté d'un portrait de la

Fayette, retracé dans son attitude et sa pose vertueuse sous le nom de Philarète, on lisait celui de M. de Talleyrand sous le nom d'Amène; c'est d'un parfait contraste.

«Amène a ces formes enchanteresses qui embellissent même la vertu. Le premier instrument de ses succès est un excellent esprit. Jugeant les hommes avec indulgence, les événements avec sangfroid, il a cette modération, le vrai caractère du sage...

»Amène ne songe pas à élever en un jour l'édifice d'une grande réputation: parvenue à un haut degré, elle va toujours en décroissant, et sa chute entraîne le bonheur, la paix; mais il arrivera à tout, parce qu'il saisira les occasions qui s'offrent en foule à celui qui ne violente pas la fortune. Chaque grade sera marqué par le développement d'un talent, et, allant ainsi de succès en succès, il réunira cet ensemble de suffrages qui appellent un homme à toutes les grandes places qui vaquent.

»L'envie, qui rarement avoue un mérite complet, a répondu qu'Amène manquait de cette force qui brise les difficultés nécessaires pour triompher des obstacles semés sur la route de quiconque agit pour le bien public. Je demanderai d'abord si l'on n'abuse pas de ce mot: avoir du caractère, et si cette force, qui a je ne sais quoi d'imposant, réalise beaucoup pour le bonheur du monde. Supposant même que, dans des moments de crise, elle ait triomphé des résolutions, estce toujours un bien?... Je m'arrête; quelques lecteurs croiraient peutêtre que je confonds la fermeté, la tenue, la constance avec la chaleur, l'enthousiasme, la fougue: Amène cède aux circonstances, à la raison, et croit pouvoir offrir quelques sacrifices à la paix, sans descendre des principes dont il fait la base de sa morale et de sa conduite....»

La morale d'Amène, pas plus que celle de Laclos, gardonsnous d'en trop parler! Mais le portrait est d'un fin observateur, et sir Henry a eu raison d'y souligner quelques traits d'une sagacité qu'on dirait prophétique.

Le rôle de M. de Talleyrand à l'Assemblée constituante est parfaitement étudié et présenté par l'écrivain anglais, et je dirai même que c'est la partie la plus complète et la plus satisfaisante de son livre: le résultat de cet exposé fait beaucoup d'honneur à M. de Talleyrand. Dès le début, nommé membre de l'Assemblée par le clergé de son diocèse, il donne son programme dans un discours remarquable, tout pratique, où, sans se jeter dans le vague des théories, il résume les principales réformes et les améliorations qu'il estime nécessaires, et qui ont été depuis en partie gagnées définitivement et conquises, en partie aussi outrepassées ou reperdues. Sir Henry Bulwer estime que ce programme, datant de l'aurore de , et qui n'était d'ailleurs nullement particulier à M. de Talleyrand, s'il était complétement réalisé, serait encore aujourd'hui pour la France le plus raisonnable et le plus sûr des régimes. En lui laissant la responsabilité de cette opinion, il reste bien avéré que l'évêque d'Autun se montrait dès le premier jour un des plus éclairés et des plus perspicaces esprits de son époque.

M. de Talleyrand fut à l'Assemblée le principal agent et l'organe de la motion qui avait pour objet la vente des biens du clergé au profit de la nation. Membre luimême du haut clergé, il faisait bon marché de son ordre et donnait résolûment la main au tiers état. Pozzo di Borgo, jaloux de Talleyrand, dont il était le rival d'esprit et d'influence, disait de lui: «Cet homme s'est fait grand en se rangeant toujours parmi les petits, et en aidant ceux qui avaient le plus besoin de lui.» Le résultat étant louable, on ne pouvait lui en vouloir ici que la tactique fût habile. Sa motion d'ailleurs, dans son principe, était accompagnée de certaines conditions atténuantes et de dédommagements pour les individus. Sir Henry Bulwer a discuté cet acte capital de l'évêque d'Autun avec bien de l'impartialité, et, après l'avoir exposé dans tous les sens, il ajoute: «Mais il arriva alors, comme cela se voit souvent quand la passion et la prudence s'unissent pour quelque grande entreprise, que la partie du plan qui était l'œuvre de la passion fut réalisée complétement et d'un seul coup, tandis que celle qui s'inspirait de la prudence fut transformée et gâtée dans l'exécution.»

Cette motion et l'importance qu'elle conférait à son auteur auraient trèsprobablement porté l'évêque d'Autun à un poste dans le ministère, si les plans de Mirabeau avaient prévalu. Mais étaitce bien la place de ministre des finances qui lui convenait le mieux, comme semble l'indiquer une note trouvée dans les papiers de Mirabeau? Il est permis d'en douter: c'eût été mettre Tantale à même du Pactole. Quoi qu'il en soit, la part considérable que M. de Talleyrand avait prise nonseulement aux actes du clergé, ou concernant le clergé, mais encore aux importantes questions de finance et aux travaux du comité de Constitution, l'esprit de décision et de vigueur dont il avait fait preuve, non moins que le tour habile et mesuré de sa parole, le désignèrent au choix de l'Assemblée pour être son organe dans le manifeste ou compte rendu de sa conduite, qu'elle jugea à propos d'adresser à la nation en février . Ce manifeste valut à son auteur d'être élu aussitôt président de l'Assemblée, honneur trèsrecherché et que n'obtint que trèstard Mirabeau.

A voir ce rôle si actif de M. de Talleyrand à l'Assemblée constituante, le biographe moraliste est amené à se poser une question: le Talleyrand de cette époque, à cet âge de trentecinq ou trentesix ans, dans toute l'activité et tout l'entrain de sa première ambition, étaitil bien le même que celui qu'on a vu plus tard nonchalant, négligent à l'excès, ayant ses faiseurs, se contentant de donner à ce qu'il inspirait le tour et le ton, et à y mettre son cachet?Évidemment non. Avec le même fonds intérieur, il dut y avoir des différences; l'intérêt l'aiguillonnait: il n'était pas tout à fait le même homme avant sa fortune faite qu'après. Je me le figure bien plus vif alors; il payait davantage de sa personne; il se souciait de l'opinion. On en a une singulière preuve dans la lettre qu'il écrivit aux journaux (février), lorsque, après avoir déclaré qu'il n'avait aucune prétention à l'évêché de Paris devenu vacant, il crut devoir se justifier ou s'excuser d'avoir gagné de grosses sommes au jeu:

«Maintenant, disaitil, que la crainte de me voir élever à la dignité d'évêque de Paris est dissipée, on me croira sans doute. Voici l'exacte vérité: j'ai gagné, dans l'espace de deux mois, non dans des maisons de jeu, mais dans la société et au Club des Échecs, regardé presque en tout temps, par la nature même de ses institutions, comme une maison particulière, environ , francs. Je rétablis ici l'exactitude des faits, sans avoir l'intention de les justifier. Le goût du jeu s'est répandu d'une manière même importune dans la société. Je ne l'aimai jamais, et je me reproche d'autant plus de n'avoir pas assez résisté à cette séduction; je me blâme comme particulier, et encore plus comme législateur, qui croit que les vertus de la liberté sont aussi sévères que ses principes, qu'un peuple régénéré doit reconquérir toute la sévérité de la morale, et que la surveillance de l'Assemblée nationale doit se porter sur ces excès nuisibles à la société, en ce qu'ils contribuent à cette inégalité de fortune que les lois doivent tâcher de prévenir par tous les moyens qui ne blessent pas l'éternel fondement de la justice sociale, le respect de la propriété. Je me condamne donc, et je me fais un devoir de l'avouer; car, depuis que le règne de la vérité est arrivé, en renonçant à l'impossible honneur de n'avoir aucun tort, le moyen le plus honnête de réparer ses erreurs est d'avoir le courage de les reconnaître[].»

Voilà un Talleyrand bien humble, bien exemplaire, bien soucieux du qu'en diraton. Il ressemble bien peu à ce Talleyrand de la fin, qui affectait le dédain de l'opinion, et qui, se rencontrant avec le général Lamarque, un jour que celuici avait écrit aux journaux pour quelque explication de sa conduite, l'apostrophait froidement par ce mot: «Général, je vous croyais de l'esprit.» Il y a loin de là au Talleyrand contrit faisant son mea culpa public d'avoir gagné trente mille francs au jeu.

Mais il y a bien autre chose: à la fête de la Fédération, pour l'anniversaire du juillet (), ce fut M. de Talleyrand qui, en qualité d'évêque officiant et ayant l'abbé Louis pour sousdiacre, célébra solennellement la messe au Champ de Mars sur l'autel de la Patrie, et qui eut à bénir l'étendard rajeuni de la France. On souffre d'une semblable parodie. Religion à part, l'honnêteté se révolte. Je laisse les paroles indignes et cyniques qui passent pour avoir été échangées à l'autel même, et que le souffle de l'impure légende a portées jusqu'à nous; mais j'ose dire que ce n'est point impunément qu'une Constitution nouvelle, fûtelle la meilleure, s'inaugure devant tout un peuple par une momerie ou un sacrilége. Tout le vice du dixhuitième siècle est là: il y avait dès le premier jour un ver au cœur du fruit.

Qu'estce à dire quand il fut question peu après de consacrer les membres du nouveau clergé constitutionnel, les premiers évêques? Il fallait trois évêques pour consommer ce sacre. Des deux associés de l'évêque d'Autun, l'un au moins hésita jusqu'au dernier moment. Talleyrand, à la veille de la cérémonie, avait vu Gobel, évêque de Lydda, le moins hésitant des deux, qui lui dit que leur collègue Miroudot, évêque de Babylone (les noms mêmes prêtent à la farce), était bien ébranlé. Sur quoi, Talleyrand sans marchander se rend chez l'évêque de Babylone, et lui fait une fausse confidence: il lui dit que leur confrère Gobel est luimême sur le point de les abandonner, que pour lui il sait trop à quoi cela les expose; que sa résolution est prise, et qu'au lieu de risquer d'être lapidé par la populace, il aime encore mieux se tuer luimême si l'un des deux vient à le lâcher. Et en même temps, il tournait nonchalamment entre ses doigts un petit pistolet qu'il avait tiré de sa poche comme par mégarde, et dont il promettait bien de se servir. Le joujou fit son effet; une peur chassa l'autre, et les deux coopérateurs furent à leur poste. On voit que l'évêque d'Autun savait, lui aussi, jouer, quand il le fallait, du bréviaire du coadjuteur ou des burettes de l'abbé Maury. Talleyrand dans le temps même s'égayait fort de cette anecdote et en régalait ses amis. Dumont (de Genève) la tenait de sa bouche, et il l'a racontée dans ses Souvenirs. Mais, encore une fois, à quelque point de vue qu'on se place, tout cela n'est pas trèsbeau[].

M. de Talleyrand, sommé peu après par le pape de revenir à résipiscence sous peine d'excommunication (et il faut convenir qu'il ne l'avait pas volé), se le tint pour dit, et quitta décidément l'Église pour embrasser la vie séculière. C'est ce qu'il pouvait faire de mieux, et il avait déjà beaucoup trop attendu.

On a besoin de l'éloignement et de ne considérer avec sir Henry Bulwer que les principaux actes de la ligne politique de M. de Talleyrand à cette époque, pour rendre la justice qui est due à sa netteté de vues et à sa clairvoyance. On s'est souvent demandé ce qu'aurait été Voltaire à la Révolution, et quelquefois on a tranché cette question bien à la légère. Voltaireet j'entends le Voltaire du fond, de la pensée de derrière, tout ce qu'il y avait d'éclairé et de prophétique dans Voltaire,eût été pour la Révolution, et je ne crois pas être loin du vrai en répondant: Talleyrand à l'Assemblée constituante, c'est assez bien Voltaire en , un Voltaire moins irritable et sans les impatiences; mais aussi Voltaire avait de plus le feu sacré. Talleyrand, s'il l'avait jamais eu, l'avait perdu de bien bonne heure: il n'avait gardé que le bon sens parfait et fin, mais aussi un bon sens égal, imperturbable.

Au moment où l'Assemblée nationale allait se séparer (septembre), Talleyrand soumettait à l'attention de ses collègues un rapport et presque un livre sur un vaste plan d'instruction publique, ayant à sa base l'école communale, et à son sommet l'Institut. La lecture, qui remplit plus d'une séance, fut entendue jusqu'au bout avec la plus grande faveur. MarieJoseph Chénier n'a pas craint d'appeler cet ouvrage «un monument de gloire littéraire où tous les charmes du style embellissent les idées philosophiques». Il ne se pouvait de plus digne testament de cette féconde et illustre législature.

Sir Henry Bulwer a résumé en des termes judicieux et élevés le côté apparent et lumineux du rôle de Talleyrand pendant cette première période de sa carrière publique:

«Dans cette assemblée, ditil, M. de Talleyrand fut le personnage le plus important après Mirabeau, comme il fut plus tard, sous le régime impérial, le personnage le plus remarquable après Napoléon... Toutefois, la réputation qu'il acquit à juste titre dans ces temps violents et agités ne fut pas d'un caractère violent ni marqué de turbulence. Membre des deux clubs fameux de l'époque (les Jacobins et les Feuillants), il les fréquentait de temps à autre, non pour se mêler à leurs débats, mais pour faire la connaissance de ceux qui y prenaient part, et pouvoir les influencer. Dans l'Assemblée nationale, il avait toujours été avec les plus modérés qui pouvaient espérer et qui ne désavouaient pas la Révolution.

»... Aucun sentiment personnel ne troubla sa ligne de conduite; elle ne fut jamais marquée par des préventions de cette nature, sans qu'on puisse dire qu'elle ait non plus jamais resplendi de l'éclat d'une éloquence extraordinaire. Son influence vint de ce qu'il proposa des mesures importantes et raisonnables au moment opportun, et cela dans un langage singulièrement clair et élégant; ce qu'avait d'élevé sa situation sociale ajoutait encore à l'effet de sa conduite et de son intervention.

»... Il avouait qu'il désirait une monarchie constitutionnelle, et qu'il était disposé à faire tout ce qu'il pouvait pour en obtenir une; mais il ne dit jamais qu'il se sacrifierait à cette idée, s'il devenait évident qu'elle ne pouvait pas triompher.»

D'autres ont assez montré et montreront l'envers de l'homme: c'est ici un Talleyrand vu par l'endroit.

L'Assemblée une fois séparée, et ceux qui en avaient été membres se voyant exclus de toute action législative, Talleyrand ne jugea point à propos de rester dans l'atmosphère agitée de Paris: il partit pour Londres avec son ami Biron, ambassadeur, en janvier . Ce n'était point un simple voyage d'observation: il avait bien aussi une mission confidentielle, mais il ne réussit ni auprès du ministère, ni même dans la haute société, tant la prévention contre la France était forte. Dumont, qui le vit beaucoup à ce moment, nous l'a peint au physique et au moral avec vérité:

«Je ne sais s'il n'avait pas un peu trop l'ambition d'imposer par un air de réserve et de profondeur. Son premier abord en général était trèsfroid; il parlait trèspeu, il écoutait avec une grande attention; sa physionomie, dont les traits étaient un peu gonflés, semblait annoncer de la mollesse, et une voix mâle et grave paraissait contraster avec cette physionomie. Il se tenait à distance et ne s'exposait point. Les Anglais, qui n'ont que des préventions générales sur le caractère des Français, ne trouvaient en lui ni la vivacité, ni la familiarité, ni l'indiscrétion, ni la gaieté nationale. Une manière sentencieuse, une politesse froide, un air d'examen, voilà ce qui formait une défense autour de lui dans son rôle diplomatique.»

Mais dans l'intérieur et l'intimité le masque tombait ou avait l'air de tomber tout à fait: il était alors charmant, familier, d'une grâce caressante, aux petits soins pour plaire, «se faisant amusant pour être amusé». Son goût le plus vif semblait être celui de la conversation avec des esprits faits pour l'entendre, et il aimait à la prolonger jusque bien avant dans la nuit. Dumont, qui fit avec lui le voyage de retour en France, nous a dit combien il était délicieux «dans le petit espace carré d'une voiture».

Revenu à Paris et ne trouvant plus son ami Narbonne dans le ministère, Talleyrand, qui n'en était pas à une liaison près, s'arrangea avec la Gironde, avec Dumouriez, et il retourna de nouveau à Londres, toujours chargé d'une mission, à côté de Chauvelin, ambassadeur, et comme pour le seconder (mai). Il s'agissait, à la veille d'une guerre continentale, de se ménager la neutralité de l'Angleterre. Les négociateurs trouvèrent partout méfiance et sourde oreille: on ne traite pas avec un trône qui s'écroule. Talleyrand, rappelé à Paris avant le août, en repartit avec un passeport de Danton: en quelle qualité et dans quelles vues?

M. de Talleyrand a longtemps nié être venu cette fois à Londres pour un autre motif que celui d'échapper aux périls qu'il courait en France: ce qui n'empêcha point qu'il ne reçût l'ordre de quitter l'Angleterre en janvier , parce qu'on l'y considérait comme un hôte dangereux[]. Quel put être le motif de cette rigueur, et pourquoi futil un des rares Français auxquels on crut devoir appliquer en ce tempslà l'alienbill? Cela prouve du moins qu'il n'était guère en odeur de vertu. Il écrivit à cette date à lord Grenville une lettre justificative, où il protestait de l'innocence de ses intentions et de ses démarches:

«Je suis venu en Angleterre, disaitil, jouir de la paix et de la sûreté personnelle à l'abri d'une Constitution protectrice de la liberté et de la propriété. J'y existe, comme je l'ai toujours été, étranger à toutes les discussions et à tous les intérêts de parti, et n'ayant pas plus à redouter devant les hommes justes la publicité d'une seule de mes opinions politiques que la connaissance d'une seule de mes actions...»

Sa réclamation étant restée vaine, il s'embarqua en ce temps pour les ÉtatsUnis. Mais, vingt mois plus tard, quand il y eut jour à rentrer en France, MarieJoseph Chénier, à l'instigation de Mme de Staël[], sollicita de la Convention le rappel de Talleyrand, et il le fit en ces termes:

«Nos divers ministères à Londres attestent la bonne conduite qu'il a tenue et les services qu'il a rendus. J'ai entre les mains un mémoire dont on a pu trouver un double dans les papiers de Danton. Ce mémoire, daté du novembre , prouve qu'il s'occupait à consolider la République lorsque, sans rapport préalable, on l'a décrété d'accusation...»

De son côté, Talleyrand luimême, dans des Éclaircissements publiés en l'an VII, avant sa sortie du ministère, voulant se laver de l'accusation d'avoir émigré, s'autorisait de la mission qui lui avait été confiée au début de la République:

«Je fus envoyé à Londres, disaitil, pour la deuxième fois le septembre par le Conseil exécutif provisoire. J'ai en original le passeport qui me fut délivré par le Conseil et qui est signé des six membres, Lebrun, Danton, etc. Il a été mis sous les yeux de la Convention au moment où elle daigna s'occuper de moi, et je le montrerai à quiconque désirera la voir. Ce passeport est conçu en ces termes: Laissez passer Ch.Maurice Talleyrand allant à Londres par nos ordres... Ainsi j'étais sorti de France parce que j'y étais autorisé, que j'avais reçu même de la confiance du gouvernement des ordres positifs pour ce départ.»

Cependant, quarante ans après, dans son dernier séjour de Londres, et dans toute sa gloire d'ambassadeur, il se plaisait à raconter comment il aurait obtenu et presque escamoté ce passeport de Danton par une sorte de stratagème et en souriant d'une plaisanterie que ce personnage redouté venait de faire sur le compte d'un autre pétitionnaire. Talleyrand excellait ainsi à donner le change à un soupçon sérieux par un trait amusant.

Tous ces dits et contredits où l'on perd le fil ont inquiété sir Henry Bulwer, qui a pris le soin de les rapprocher et de les discuter:

«Comment concilier, se demandetil, la déclaration formelle de Chénier avec les solennelles protestations de M. de Talleyrand à lord Grenville?Comment M. de Talleyrand avaitil pu écrire des mémoires à Danton et cependant être venu en Angleterre, simplement dans le dessein d'y chercher le repos?...»

Comment? comment?... Eh! mon Dieu! c'est se donner bien de la peine pour essayer de concilier ce qui est si simple et si bien dans la nature du personnage. Que conclure en effet de tout cela? Une seule chose que la politesse défend de dire des gens, si ce n'est après leur mort; c'est que M. de Talleyrand a menti; et, dès qu'il y avait le moindre intérêt, il était coutumier de mentir.

Un mensonge ainsi avéré en représente des milliers d'autres. Aussi lord Grenville avaitil traité Talleyrand d'homme «profond et dangereux», et un autre lord Granville avait un mot énergique et bien anglais pour définir celui dont les dehors gracieux ou imposants recouvraient tant de secrètes laideurs: «C'est un bas de soie rempli de boue.» Telle est du moins la traduction (encore trop polie, m'assureton) qu'a donnée de ce mot M. de Chateaubriand[].

Nous reviendrons prochainement, guidé toujours par sir Henry Bulwer, mais un peu moins indulgent que lui, sur cette vie et ce personnage à triple et quadruple fond.

II

Le devoir de la critique dans tout sujet est avant tout de l'envisager sans parti pris, de se tenir exempte de préventions, fussentelles des mieux fondées, et de ne pas sacrifier davantage à celles de ses lecteurs. M. de Talleyrand est un sujet des plus compliqués; il y avait plusieurs hommes en lui: il importe de les voir, de les entrevoir du moins, et de les indiquer. Sir Henry Bulwer, homme d'État et étranger, moins choqué que nous de certains côtés qui ont laissé de tristes empreintes dans nos souvenirs et dans notre histoire, a jugé utile et intéressant, après étude, de dégager tout ce qu'il y avait de lumières et de bon esprit politique dans le personnage qui est resté plus généralement célèbre par ses bons mots et par ses roueries: «L'idée que j'avais, ditil, c'était de montrer le côté sérieux et sensé du caractère de cet homme du dixhuitième siècle, sans faire du tort à son esprit ou trop louer son honnêteté.» Il a complétement réussi à ce qu'il voulait, et son Essai, à cet égard, bien que manquant un peu de précision et ne fouillant pas assez les coins obscurs, est un service historique: il y aura profit pour tous les esprits réfléchis à le lire.

Mais, en regard et à côté, il est indispensable d'avoir sur sa table le terrible article Talleyrand, de la Biographie Michaud, article qui est tout un volume, et qui constitue la base la plus formidable d'accusation, le réquisitoire historique permanent contre l'ancien évêque d'Autun. Il y règne un esprit de dénigrement et de haine, c'est évident; mais l'enquête, préparée de longue main, grossie de toutes les informations successives et collectives, a été serrée de près.

Je reprends le personnage où je l'ai laissé[]. Talleyrand est donc rentré en France sous le Directoire; l'ancien constituant a été amnistié, et mieux qu'amnistié; mais, du moment qu'il a remis le pied dans Paris, ce n'est pas pour y rester observateur passif et insignifiant: partout où il est, il renoue ses fils, il trame, il intrigue; il faut qu'il soit du pouvoir, et il en sera.

A ne voir que les dehors, sa rentrée est la plus digne et la mieux séante: c'est une rentrée littéraire. Pour les politiques en disponibilité, la littérature, quand elle n'est pas une consolation, est un moyen. Talleyrand ne crut pouvoir mieux remplir son apparence de loisir, dans les mois qui précédèrent le fructidor, et payer plus gracieusement sa bienvenue que par son assiduité à l'Institut national, dont on l'avait nommé membre dès l'origine et en y marquant sa présence par deux Mémoires: l'un tout plein de souvenirs et de considérations intéressantes sur les relations commerciales des ÉtatsUnis avec l'Angleterre, l'autre tout plein de vues, de prévisions et même de pronostics, sur les avantages à retirer d'un nouveau régime de colonisation, et sur l'esprit qu'il y faudrait apporter.

On a beaucoup dit que M. de Talleyrand ne faisait point luimême les écrits qu'il signait, que c'était tantôt Panchaud pour les finances, des Renaudes pour l'instruction publique, d'Hauterive ou La Besnardière pour la politique, qui étaient ses rédacteurs. En convenant qu'il doit y avoir du vrai, gardonsnous pourtant de nous faire un Talleyrand plus paresseux et moins luimême qu'il ne l'était: il me paraît, à moi, tout à fait certain que les deux mémoires lus à l'Institut en l'an V, si pleins de hautes vues finement exprimées, sont et ne peuvent être que du même esprit, j'allais dire de la même plume qui, plus de quarante ans après, dans un discours académique final, dans l'Éloge de Reinhard, traçait le triple portrait idéal du parfait ministre des affaires étrangères, du parfait directeur ou chef de division, du parfait consul: et cette plume ne peut être que celle de M. de Talleyrand, quand il se soignait et se châtiait.

Et comment ne seraitce point M. de Talleyrand qui, après avoir vu de près l'Amérique, l'avoir observée si peu d'années après son déchirement d'avec la mèrepatrie, et l'avoir, non sans étonnement, retrouvée tout anglaise, sinon d'affection, du moins d'habitudes, d'inclinations et d'intérêts, aurait luimême écrit ou dicté les remarques suivantes:

«Quiconque a bien vu l'Amérique ne peut plus douter maintenant que dans la plupart de ses habitudes elle ne soit restée anglaise; que son ancien commerce avec l'Angleterre n'ait même gagné de l'activité au lieu d'en perdre depuis l'époque de l'indépendance, et que par conséquent l'indépendance, loin d'être funeste à l'Angleterre, ne lui ait été à plusieurs égards avantageuse.»

Appliquant ici le mode d'analyse en usage chez les idéologues et tout à fait de mise à l'Institut en l'an III, il partait de ce principe que «ce qui détermine la volonté, c'est l'inclination et l'intérêt», et que ces deux mobiles s'unissaient des deux parts pour rapprocher les colons émancipés et leurs tyrans de la veille:

«Il paraît d'abord étrange et presque paradoxal de prétendre que les Américains sont portés d'inclination vers l'Angleterre; mais il ne faut pas perdre de vue que le peuple américain est un peuple dépassionné; que la victoire et le temps ont amorti ses haines, et que chez lui les inclinations se réduisent à de simples habitudes: or, toutes ses habitudes le rapprochent de l'Angleterre.

»L'identité de langage est un premier rapport dont on ne saurait trop méditer l'influence. Cette identité place entre les hommes de ces deux pays un caractère commun qui les fera toujours se prendre l'un à l'autre et se reconnaître; ils se croiront mutuellement chez eux quand ils voyageront l'un chez l'autre; ils échangeront avec un plaisir réciproque la plénitude de leurs pensées et toute la discussion de leurs intérêts, tandis qu'une barrière insurmontable est élevée entre les peuples de différent langage qui ne peuvent prononcer un mot sans s'avertir qu'ils n'appartiennent pas à la même patrie; entre qui toute transmission de pensée est un travail pénible, et non une jouissance; qui ne parviennent jamais à s'entendre parfaitement, et pour qui le résultat de la conversation, après s'être fatigués de leurs efforts impuissants, est de se trouver mutuellement ridicules. Dans toutes les parties de l'Amérique que j'ai parcourues, je n'ai pas rencontré un seul Anglais qui ne se trouvât Américain, pas un seul Français qui ne se trouvât étranger.»

Après l'inclination et l'habitude, il relève l'intérêt, cet autre mobile toutpuissant, surtout dans un pays nouveau où «la grande affaire est incontestablement d'accroître sa fortune.» Et comment ne seraientelles point encore de Talleyrand, ces réflexions morales si justement conçues, exprimées si nettement, sur l'égalité et la multiplicité des cultes, dont il a été témoin, sur cet esprit de religion qui, bien que sincère, est surtout un sentiment d'habitude et qui se neutralise dans ses diversités mêmes, subordonné qu'il est chez tous (sauf de rares exceptions) à l'ardeur dominante du moment, à la poursuite des moyens d'accroître promptement son bienêtre? Ce seraient, si c'était le lieu, autant de morceaux excellents à détacher.

Et sur ce climat qui n'est pas fait, et sur ce caractère américain, qui ne l'est pas davantage, quel plus frappant et plus philosophique tableau que celuici, trop pris sur nature, trop bien tracé et de main de maître pour n'être pas rappelé ici, quand sur d'autres points nous devons être si sévères!

«Que l'on considère ces cités populeuses d'Anglais, d'Allemands, de Hollandais, d'Irlandais, et aussi d'habitants indigènes, ces bourgades lointaines, si distantes les unes des autres; ces vastes contrées incultes, traversées plutôt qu'habitées par des hommes qui ne sont d'aucun pays: quel lien commun concevoir au milieu de toutes ces disparités? C'est un spectacle neuf pour le voyageur qui, partant d'une ville principale où l'état social est perfectionné, traverse successivement tous les degrés de civilisation et d'industrie qui vont toujours en s'affaiblissant, jusqu'à ce qu'il arrive en trèspeu de jours à la cabane informe et grossière, construite de troncs d'arbres nouvellement abattus. Un tel voyage est une sorte d'analyse pratique et vivante de l'origine des peuples et des États: on part de l'ensemble le plus composé pour arriver aux éléments les plus simples; à chaque journée, on perd de vue quelquesunes de ces inventions que nos besoins, en se multipliant, ont rendues nécessaires; il semble que l'on voyage en arrière dans l'histoire des progrès de l'esprit humain. Si un tel spectacle attache fortement l'imagination, si l'on se plaît à retrouver dans la succession de l'espace ce qui semble n'appartenir qu'à la succession des temps, il faut se résoudre à ne voir que trèspeu de liens sociaux, nul caractère commun parmi des hommes qui semblent si peu appartenir à la même association.»

S'il ne semblait puéril et bien ingénu de prendre Talleyrand par le côté littéraire, on aurait à noter encore ce qui suit immédiatement, ces deux portraits de mœurs, le bûcheron américain, le pêcheur américain. Talleyrand a observé les ÉtatsUnis comme Volney, et il résume ce qu'il a vu avec plus de légèreté dans l'expression et autant d'exactitude. Contentonsnous donc de dire désormais que, si la plupart du temps, dans les écrits signés de son nom, Talleyrand laissait la besogne et le gros ouvrage aux autres, il se réservait dans les occasions et aux bons endroits la dernière touche et le fini[].

L'autre mémoire sur les avantages à retirer de colonies nouvelles dans les circonstances présentes mériterait aussi une analyse: il se rapporte particulièrement à l'état moral de la France d'alors, et il est plein de vues sages ou même profondes. Il semble avoir été écrit en prévision du fructidor et des déportations prochaines: on n'ose dire pourtant que la Guyane et Sinnamari aient en rien répondu à la description des colonies nouvelles que proposait Talleyrand d'un air de philanthropie, et en considération, disaitil, «de tant d'hommes agités qui ont besoin de projets, de tant d'hommes malheureux qui ont besoin d'espérances». Il y disait, encore, en vrai moraliste politique:

«L'art de mettre les hommes à leur place est le premier peutêtre dans la science du gouvernement; mais celui de trouver la place des mécontents est, à coup sûr, le plus difficile, et présenter à leur imagination des lointains, des perspectives où puissent se prendre leurs pensées et leurs désirs, est, je crois, une des solutions de cette difficulté sociale.»

Oui, mais à condition qu'on n'ira pas éblouir à tout hasard les esprits, les leurrer par de vains mirages, et qu'une politique hypocrite n'aura pas pour objet de se débarrasser, coûte que coûte, des mécontents.

Je relève dans ce mémoire un heureux coup de crayon donné en passant, et qui caractérise en beau M. de Choiseul:

«M. le duc de Choiseul, un des hommes de notre siècle qui a eu le plus d'avenir dans l'esprit; qui déjà, en , prévoyait la séparation de l'Amérique d'avec l'Angleterre et craignait le partage de la Pologne, cherchait dès cette époque à préparer par des négociations la cession de l'Égypte à la France, pour se trouver prêt à remplacer, par les mêmes productions et par un commerce plus étendu, les colonies américaines le jour où elles nous échapperaient...»

Voilà un éloge relevé par un joli mot: un joli mot, en France, a toujours chance de l'emporter sur un jugement. On ne doit pas oublier toutefois quelle légèreté M. de Choiseul apporta dans ces affaires mêmes des colonies, et d'après quel «plan insensé» furent conduites les expéditions aventureuses de la Guyane (). Malouet, dans ses

Mémoires, nous en apprend assez long làdessus. M. de Choiseul, en fait de colonies, pouvait voir trèsloin dans l'avenir; il regardait trèspeu dans le présent.

Mais c'est trop nous arrêter aux bagatelles de la porte. M. de Talleyrand cependant s'est remué, il a intrigué, il a plu à Barras; il est entré, par lui, dans le gouvernement. Atil poussé et coopéré aussi activement qu'on l'a dit à toutes les mesures qui précédèrent et suivirent le fructidor? Quand on parlait devant lui de la complicité de Mme de Staël, dans ce coup d'État: «Mme de Staël, disaitil, a fait le , mais non pas le .» On sait, en effet, que, si la journée du avait abattu l'espoir des royalistes, la journée du , avec ses décrets de déportation, avait relevé l'audace des jacobins. Mais Talleyrand au pouvoir n'y regardait pas de si près; il avait à gagner ses éperons; il était depuis quelques semaines seulement à la tête du ministère des affaires étrangères, où il avait remplacé Charles Delacroix, père de l'illustre Eugène. Aussitôt nommé, il en avait fait part au général de l'armée d'Italie, il faut voir en quels termes: ce sont ses premières avances, et elles sont d'une vivacité, d'une grâce toute spirituelle et toute voltairienne. Qu'on se rappelle Voltaire quand il s'adresse à des souverains:

Au général Bonaparte.

«Paris, le thermidor, an V (juillet).

»J'ai l'honneur de vous annoncer, général, que le Directoire exécutif m'a nommé ministre des relations extérieures.

»Justement effrayé des fonctions dont je sens la périlleuse importance, j'ai besoin de me rassurer par le sentiment de ce que votre gloire doit apporter de moyens et de facilités dans les négociations. Le nom seul de Bonaparte est un auxiliaire qui doit tout aplanir.

»Je m'empresserai de vous faire parvenir toutes les vues que le Directoire me chargera de vous transmettre, et la Renommée, qui est votre organe ordinaire, me ravira souvent le bonheur de lui apprendre la manière dont vous les aurez remplies.»

Voilà qui est bien débuté, et le courtisan dans le ministre ne se fait pas attendre.

Ce sera de même qu'aussitôt la paix signée par le général à CampoFormio, bien que cette paix ne fût pas tout à fait conforme à ce que le Directoire avait désiré et indiqué dans ses instructions dernières, Talleyrand, oubliant qu'il est l'organe direct des intentions du Directoire, et prenant sur lui le surcroît d'enthousiasme, écrira:

«Paris, le brumaire an VI (octobre).

»Voilà donc la paix faite, et une paix à la Bonaparte. Recevezen mon compliment de cœur, mon général; les expressions manquent pour vous dire tout ce qu'on voudrait en ce moment. Le Directoire est content, le public enchanté. Tout est au mieux.

»On aura peutêtre quelques criailleries d'Italiens; mais c'est égal. Adieu, général pacificateur! Adieu: amitié, admiration, respect, reconnaissance; on ne sait où s'arrêter dans cette énumération.»

Il me semble encore une fois lire du Voltaire, dans sa lune de miel avec le grand Frédéric.

Ne pouvant qu'effleurer cette existence de Talleyrand, qu'éclairer deux ou trois points saillants, et tout au plus donner un coup de sonde à deux ou trois endroits, je ne voudrais rien dire que d'exact, de sûr, et en même temps mettre le lecteur à même de juger, ou du moins d'entrevoir les éléments divers du jugement.

La grâce, le goût, l'art de l'insinuation, il faut qu'il les ait eus au plus haut degré pour que, dans ses Mémoires sobres et sévères, Napoléon, racontant ce qui se passa à son retour de l'Italie et de Rastadt, et la manière dont il fut accueilli par le Directoire, les fêtes qu'on lui donna, ait songé à distinguer celle du ministre des affaires étrangères. Talleyrand et lui se voyaient alors pour la première fois:

«Le Directoire, le Corps législatif et le ministre des relations extérieures donnèrent des fêtes à Napoléon. Il parut à toutes, mais y resta peu de temps. Celle du ministre Talleyrand fut marquée au coin du bon goût. Une femme célèbre, déterminée à lutter avec le vainqueur d'Italie, l'interpella au milieu d'un grand cercle, lui demandant quelle était, à ses yeux, la première femme du monde, morte ou vivante: «Celle qui a fait le plus d'enfants,» lui réponditil en souriant.»

C'est là le lieu de ce fameux mot en réponse à Mme de Staël, et qui a tant couru: elle voyait également pour la première fois le général Bonaparte, elle essayait d'emblée sur lui la fascination de son éloquence. Convenez que la question à bout portant était provoquante. Ainsi placée et dite en souriant, la riposte qui a pu paraître une grosse impolitesse n'est plus guère qu'une malice[].

Il est parfaitement vrai que Talleyrand, en ces années, avait déjà jusqu'à un certain point lié son avenir à celui du glorieux général, et qu'il y avait entre eux un concert, même pour ce qui devait s'accomplir en Orient. Les arrangements étaient pris, les rôles distribués: en même temps que Bonaparte s'embarquait pour l'Égypte, Talleyrand devait aller de sa personne négocier auprès de la Porte en qualité d'ambassadeur, pour appuyer de sa diplomatie l'expédition colonisatrice. Mais avec lui les absents bientôt avaient tort: il aima mieux oublier l'Orient, laisser le conquérant lointain courir ses risques, et rester à Paris ministre d'une politique qui était sans doute beaucoup trop révolutionnaire et propagandiste pour qu'il l'acceptât sincèrement, mais à laquelle aussi, à travers les remaniements des petits États, il y avait beaucoup pour lui à gagner, à pêcher, comme on dit, en eau trouble.

La vénalité, en effet, c'est là la plaie de Talleyrand, une plaie hideuse, un chancre rongeur et qui envahit le fond. Un homme public, comme tous les hommes, a ses défauts, ses passions ou même ses vices; mais il ne faut point, comme à Talleyrand, que ces vices prennent toute la place et occupent tout le fond de sa vie. Les choses du devant en souffrent: il n'y a pas de vraie grandeur possible avec cela, et on ne peut même, à ce prix, être grand politique que par éclairs et dans de rares moments. Le tour joué, on retourne trop vite à sa boue secrète.

M. de Chateaubriand, dans son antipathie d'humeur et de nature pour le personnage, lui qui avait autant le ressort de l'honneur et le goût du dépouillement que l'autre les avait peu et savait aisément s'en passer, a dit, à propos de la manière dont M. de Talleyrand négociait les traités: «Quand M. Talleyrand ne conspire pas, il trafique.» Ce mot sanglant, au moins dans sa seconde partie, n'est que la vérité même.

Il est donc trèscertain encore, pour ne s'en tenir qu'à ce qui a éclaté, que Talleyrand, ministre des relations extérieures sous le Directoire, profita de la saisie des navires américains à la suite du traité de commerce des ÉtatsUnis avec l'Angleterre, pour attirer à Paris les commissaires de cette république munis de pleins pouvoirs et tâcher de les rançonner[]. Il leur fit offrir, par des entremetteurs à sa dévotion, et dont les noms sont connus, de se charger d'une réconciliation à l'amiable avec le Directoire, mais seulement à prix d'argent,de beaucoup d'argent. Ces honnêtes gens résistèrent et ébruitèrent la proposition. C'est à cette laide affaire que sir Henry Bulwer fait allusion dans une note où il est dit: «Quant à ses habitudes à cet égard (à sa manière de s'enrichir), il ne sera peutêtre pas mal d'avoir recours à la correspondance américaine: Papiers d'État et documents publics des ÉtatsUnis (t. III, p. et t. IV).» J'ai tenu moimême à rechercher les pièces indiquées, et qui sont d'ailleurs trèsbien analysées dans Michaud. On y voit cette négociation secrète exposée de point en point dans les dépêches des commissaires à leur gouvernement.

C'est aussi en cette occasion qu'on voit apparaître et figurer pour la première fois dans la vie de Talleyrand son aide de camp habituel et le plus digne de lui, Montrond, un homme d'audace et d'esprit, un intrigant de haut vol. Ils étaient chacun un type dans son genre, et les deux se complétaient. Il ne saurait y avoir désormais de Talleyrand sans Montrond, ni de Montrond sans Talleyrand.

Une telle affaire avérée, comme le mensonge dont je parlais l'autre jour, en représente et en suppose des milliers d'autres. Or, rien de plus avéré, de plus authentiquement acquis à l'histoire que cette tentative d'extorsion et, pour parler net, que cette manœuvre de chantage auprès des envoyés américains. Le scandale qu'elle fit, même sous ce régime peu scrupuleux du Directoire, fut une des causes qui obligèrent Talleyrand de quitter le ministère, où il fut remplacé par Reinhard; et, même après le brumaire, il ne put y rentrer aussitôt. Napoléon, dans ses Mémoires, en a donné la raison:

«Talleyrand avait été renvoyé du ministère des relations extérieures par l'influence de la Société du Manége. Reinhard, qui l'avait remplacé, était natif de Wurtemberg. C'était un homme honnête et d'une capacité ordinaire. Cette place était naturellement due à Talleyrand; mais, pour ne pas trop froisser l'opinion publique, fort indisposée contre lui, surtout pour les affaires d'Amérique, Reinhard fut conservé dans les premiers moments.»

Et, après cela, innocents et lettrés que nous sommes, n'insistons plus trop sur les beaux Mémoires de l'an V, sur celui, en particulier, qui traite si bien du moral et de l'esprit commercial de ces mêmes ÉtatsUnis; avis à nous! n'insistons pas trop non plus sur telle ou telle circulaire remarquable, telle ou telle dépêche faite pour être montrée, et sur l'excellent discours académique de . Tout cela n'était que le dehors, la décoration, le spectacle: franchement, il y avait trop de reptiles par derrière, au fond de la caverne,de cette caverne dont le vestibule passait pour le plus distingué et le plus recherché des salons.

Sir Henry Bulwer a trèsbien pris et rendu la mesure de l'esprit politique et pratique en M. de Talleyrand; mais décidément son indulgence n'a pas fait assez large la part de ces vices fondamentaux; il s'est montré trop coulant sur une chose essentielle. Le flair merveilleux des événements, l'art de l'àpropos, la justesse et, au besoin, la résolution dans le conseil, M. de Talleyrand les possédait à un degré éminent; mais, cela dit et reconnu, il ne songeait, après tout, qu'à réussir personnellement, à tirer son profit des circonstances: l'amour du bien public, la grandeur de l'État et son bon renom dans le monde ne le préoccupaient que médiocrement durant ses veilles. Il n'avait point la haute et noble ambition de ces âmes immodérées à la Richelieu, comme les appelait SaintÉvremond. Son excellent esprit, qui avait horreur des sottises, n'était pour lui qu'un moyen. Le but atteint, il arrangeait sa contenance, et ne songeait qu'à attraper son monde, à imposer et à en imposer. Rien de grand, je le répète, même dans l'ordre politique, ne peut sortir d'un tel fonds. On n'est, tout au plus alors, et sauf le suprême bon ton, sauf l'esprit de société où il n'avait point son pareil, qu'un diminutif de Mazarin, moins l'étendue et la toutepuissance; on n'est guère qu'une meilleure édition, plus élégante et reliée avec goût, de l'abbé Dubois.

L'avénement du Consulat eut cela d'abord d'excellent pour lui que la politique nouvelle lui offrait, avec un vaste cadre, des points d'appui et des points d'arrêt: elle le contint, et il la décora.

Son rôle avait été des plus importants au brumaire, et il y coopéra autant et plus qu'aucun personnage civil. Dès le retour d'Égypte, il avait vu rue Chantereine le général Bonaparte, et avait eu à se faire pardonner de lui, car il lui avait manqué de parole dixhuit mois auparavant, au lendemain du départ pour l'Orient. Mais un nouvel intérêt commun fait passer aisément l'éponge sur d'anciens griefs et rapproche vite les politiques; on ferma les yeux des deux côtés:

«Talleyrand craignait d'être mal reçu de Napoléon. Il avait été convenu avec le Directoire et avec Talleyrand qu'aussitôt après le départ de l'expédition d'Égypte, des négociations seraient ouvertes sur son objet avec la Porte. Talleyrand devait même être le négociateur, et partir pour Constantinople vingtquatre heures après que l'expédition d'Égypte aurait quitté le port de Toulon. Cet engagement, formellement exigé et positivement consenti, avait été mis en oubli: nonseulement Talleyrand était resté à Paris, mais aucune négociation n'avait eu lieu. Talleyrand ne supposait pas que Napoléon en eût perdu le souvenir; mais l'influence de la Société du Manége avait fait renvoyer ce ministre: sa position était une garantie. Napoléon ne le repoussa point. Talleyrand d'ailleurs employa toutes les ressources d'un esprit souple et insinuant pour se concilier un suffrage qu'il lui importait de captiver[].»

Par son action et ses démarches auprès des principaux personnages en jeu, auprès des partants et des arrivants, Sieyès et Barras, par son habile entremise à Paris dans la journée du , par ses avis et sa présence à SaintCloud le au moment décisif, par son sangfroid qu'il ne perdit pas un instant, il avait rendu les plus grands services à la cause consulaire: aussi, les consuls à peine installés, il fut appelé au Luxembourg avec Rœderer et Volney, et «tous trois reçurent collectivement de Bonaparte, au nom de la patrie, des remercîments pour le zèle qu'ils avaient mis à faire réussir la nouvelle révolution[].»

Une grande carrière commençait pour Talleyrand avec le siècle: c'est sa période la plus brillante, et, une fois introduit sur la scène dans le premier rôle, il ne la quitta plus, même lorsqu'il parut s'éclipser et faire le mort par moments.

Quelle fut sa part précise dans la politique extérieure du Consulat et des premières années de l'Empire? Pour combien y entratil par le conseil, et quant au fond même, et dans le mode d'exécution? Il sut certainement donner à l'ensemble la forme la plus majestueuse, la plus spécieuse aussi et la plus décente. Il ne se pouvait devant l'Europe de ministre plus digne, et, quand il disparut, ce fut aussitôt, dans les rapports de la France avec les autres puissances, un changement des plus sensibles pour la mesure et le ton: avec les deux honnêtes gens laborieux, mais euxmêmes de valeur décroissante, qui succédèrent, l'échelle de la considération baissa de plus en plus.

M. Mignet, qui dans sa Notice est autant à consulter sur cette partie publique qu'il est réservé et muet sur les recoins occultes de M. de Talleyrand, a tiré des archives des affaires étrangères la preuve que ce ministre, après la victoire d'Ulm, adressa de Strasbourg à Napoléon un plan de remaniement européen, tout un nouveau système de rapports qui eût désintéressé l'Autriche et préparé un avenir de paix; et ce projet d'arrangement, il le renouvela le jour où il reçut à Vienne la nouvelle de la victoire d'Austerlitz. Son bons sens, s'il eût été écouté alors, aurait sans doute été d'un grand contrepoids dans la balance des destinées.

Un grave problème, et des plus tristes, qui, bon gré mal gré, se dresse devant nous un peu avant cette époque dans la vie de M. de Talleyrand, c'est la part qu'il aurait prise, non pas seulement une part de transmission et d'information ministérielle, mais un rôle d'instigation et d'initiative, à l'arrestation et à l'enlèvement du duc d'Enghien. Quelles que soient les raisons qu'on ait alléguées à sa décharge, telles que sa nonchalance, sa douceur de mœurs, il n'est pas clair du tout qu'il soit innocent. Un honnête homme bien informé, Meneval, affirme le fait du conseil donné, et il avait vu de ses yeux une lettre accusatrice qui aurait échappé aux précautions du coupable. On sait, en effet, que Talleyrand fut toujours trèsattentif à faire disparaître toute trace écrite de son intervention dans certains événements, bien sûr ensuite de pratiquer à l'aise la maxime: «Tout mauvais cas est niable.» Ainsi, en , dès qu'il se vit chef du gouvernement provisoire, il n'eut rien de plus pressé que de faire enlever des archives du cabinet de l'empereur tout ce qui pouvait le compromettre. Un ancien secrétaire de Talleyrand, de Perray, avait làdessus une version piquante. Selon cette version, Talleyrand aurait envoyé deux hommes à lui, de Perray luimême et un autre, pour prendre aux Tuileries les précieux papiers et l'aider à les visiter. Le triage se fit dans un entresol de la rue SaintFlorentin: Talleyrand, renversé dans son fauteuil, les jambes en l'air et appuyées contre le manteau de la cheminée, recevait des mains des deux acolytes les pièces condamnées et les jetait au feu. Tout à coup on vient l'avertir que l'empereur Alexandre, qui logeait au premier, le demandait: il se leva en recommandant à ces messieurs de continuer le triage de confiance et le brûlement. A peine avaitil le pied hors de la chambre, que de Perray s'empressa de repêcher la lettre compromettante et de la tirer du feu. Cette lettre, qui a été montrée depuis à plusieurs personnes, dont quelquesunes encore existantes, disait en substance ce que Meneval luimême a résumé dans ses Souvenirs historiques (tome III, page). Il n'y a de variante que dans la version de la circonstance fortuite qui aurait préservé la pièce de l'autodafé, et l'on conçoit que le récit du secrétaire infidèle n'ait pas été le même avec tous.

Mais quel intérêt, se demandeton, pouvait avoir Talleyrand à ce retranchement d'un prince du sang royal? Passe encore si c'eût été Fouché; mais Talleyrand!A quoi on peut répondre: Les plus avisés se trompent quelquefois; Talleyrand put avoir ce jourlà un excès de zèle; les Bourbons étaient bien loin en , et Talleyrand était homme à ce moment, à parier tout à fait et à risquer son vatout du côté de l'Empire. Dans tous les cas, il est terrible pour la moralité d'un homme qu'on ne puisse opposer de meilleure raison à son active intervention dans un cas de cette nature, que le peu d'intérêt qu'il y avait.

Il s'en tira d'ailleurs dans le temps par un mot, et, tandis qu'un autre, en apprenant le meurtre du duc d'Enghien, disait cette parole devenue célèbre: «C'est pire qu'un crime, c'est une faute[],» Talleyrand répondait à un ami qui lui conseillait de donner sa démission: «Si, comme vous le dites, Bonaparte s'est rendu coupable d'un crime, ce n'est pas une raison pour que je me rende coupable d'une sottise[].»

Quant à l'affaire du Concordat et aux négociations qui l'amenèrent, il y poussa et y aida de toutes ses forces; il y avait un intérêt direct: c'était de faire sa paix avec le pape et de régulariser son entrée dans la vie séculière; ce qu'il obtint en effet par un bref. Mais, lorsqu'il voulut y sousentendre la permission de se marier, et qu'il en usa, il fut désavoué et ne réussit qu'à demi.Et à ce propos des affaires romaines, il avait une maxime qui résultait sans doute de son expérience, et qui rentre bien dans ce tour de paradoxe sensé qu'il affectionnait: «Pour faire un bon secrétaire d'État à Rome, il faut prendre un mauvais cardinal.»

III

«Mais je ne vous reconnais plus; je ne vous ai jamais vu si sévère...Suisje donc injuste? aije dit quelque chose de faux?Non, mais, sur le prince de Talleyrand, sur un homme de cette distinction, de cette importance, qui a joué un tel rôle, qui était si aimable dans la société!...Eh bien!... aije nié l'importance et le rôle? aije même contesté l'amabilité?... Allons! je vous comprends, je sais bien que, s'il n'est pas d'un honnête homme de faire de certaines choses, il n'est pas non plus d'un homme de bonne compagnie d'y trop prendre garde et d'y trop insister. Fi donc! quand on est bien élevé et bien appris, on aime à glisser, à ignorer le plus qu'on peut de certaines misères, à regarder surtout les beaux côtés. Que voulezvous! je m'aperçois, à ma manière de penser, que je deviens de jour en jour plus manant et plus troublefête.»C'est le résumé de ce que j'ai eu à répondre depuis une quinzaine à plus d'un contradicteur, homme du monde et de bon ton.

Mais, pour un écrivain qui cherche le vrai, cependant que faire? Fautil dissimuler, pallier, recommencer l'éloge académique? Quant à moi, je pense qu'il convient, dans la biographie d'un homme, dans son portrait fidèle, de conserver aux choses l'importance relative qu'elles eurent dans sa vie et dans ses pensées. Or, l'argent tint de tout temps la plus grande place dans les préoccupations de M. de Talleyrand. Et, puisque j'y suis, je ne me refuserai pas de couler à fond cet article de cupidité honteuse dont le personnage politique en lui a tant souffert, et s'est trouvé si atteint, si gâté au cœur et véritablement avili.

«Voyons, Talleyrand, la main sur la conscience, combien avezvous gagné avec moi?» lui disait un jour de bonne humeur Napoléon.Et en un autre jour de moins belle humeur: «Monsieur de Talleyrand, comment avezvous fait pour devenir si riche?Sire, le moyen a été bien simple: j'ai acheté des rentes la veille du brumaire, et je les ai vendues le lendemain.» Il n'y eut pas moyen de se fâcher ce jourlà; le renard, par un tour de son métier, s'était tiré des griffes du lion.

Talleyrand avait deux moyens de faire et d'accroître sa fortune, le jeu d'abord, l'agiotage, et ensuite, quand il fut au pouvoir, les cadeaux et douceurs qu'il recevait des puissances grandes ou petites pour les servir. Quant au jeu, il commença de bonne heure, et sa réputation était faite dès le temps de la Constituante. Le ministre des ÉtatsUnis à Paris, GouverneurMorris, témoin aussi impartial que bien informé, et qui est fort à consulter sur l'évêque d'Autun en , nous a montré ces trois jeunes gens, Narbonne, Choiseul et l'abbé de Périgord, formant une sorte de triumvirat à la mode, et se donnant la main pour arriver:

«Ce sont trois jeunes gens de famille, hommes d'esprit et de plaisir. Les deux premiers avaient de la fortune, mais ils l'ont dissipée. Ils étaient intimes tous trois, et ont couru tous trois la carrière de l'ambition pour rétablir leurs affaires. Quant à leur moralité, celle de l'un n'a pas été exemplaire plus que celle de l'autre: l'évêque surtout est particulièrement blâmé à cause du nombre et de la publicité de ses galanteries, de son goût pour le jeu et principalement pour l'agiotage auquel il se livra sous le ministère de M. de Calonne, avec qui il était trèslié. Il trouva dans cette circonstance une facilité et des occasions dont ses ennemis disent qu'il sut trèsbien profiter. Cependant, je n'y ajoute aucune foi, et je crois qu'à part ses amours et une certaine manière de voir un peu trop large pour un ecclésiastique, l'accusation est injuste ou au moins exagérée[].»

Exagérée, soit; mais la suite n'a que trop prouvé que dès lors le pli était pris.

Le Directoire, par l'affaire d'Amérique, mit ce côté véreux de Talleyrand dans tout son jour. Et, quant à l'époque de l'Empire, je citerai un autre témoin encore, impartial et même favorable, le comte de Senfft, ministre de Saxe à Paris en , et ensuite ministre des affaires étrangères à Dresde. Il n'avait pas eu tout d'abord à se louer beaucoup de M. de Talleyrand: «Ce ministre, qui posséda si éminemment, ditil, l'art de la société, et qui en a si souvent usé avec succès, tantôt pour imposer à ceux qu'on voulait détruire, en leur faisant perdre contenance, tantôt pour attirer à lui ceux dont on voulait se servir, fit à M. de Senfft un accueil assez froid (avril).» Ce ne fut qu'un peu plus tard, lorsque M. de Talleyrand eut quitté le ministère et perdu la faveur, que Mme de Senfft, personne distinguée et généreuse,ce qu'on appelle une belle âme,se sentit prise pour lui d'une sorte d'attrait et de beau zèle, d'un mouvement admiratif qui n'échappa point au personnage et qui fixa pour l'avenir l'agrément de leurs relations. Cependant, le comte de Senfft, qui luimême, et à la suite de sa femme, était resté un peu sous le charme, nous édifie trèsbien, et en termes polis, sur la manière dont se menaient avec lui les transactions diplomatiques et sur les moyens par lesquels on parvenait à l'intéresser. Ces moyens n'avaient rien de bien neuf ni de relevé: quand on voulait qu'une affaire réussît avec M. de Talleyrand, il fallait financer. Il est vrai qu'il ne se chargeait pas indifféremment de toutes les affaires, et il ne les traitait pas non plus directement. Il avait ses hommes à lui, comme il ne manque jamais de s'en produire autour des foyers de corruption, et il savait les employer selon les temps et les lieux. Ainsi, à l'occasion du séjour de M. de Talleyrand à Varsovie en , parlant de M. de Gagern, ministre du duc de Nassau, que des intérêts de plus d'une sorte avaient retenu à Varsovie quelque temps de plus que les autres diplomates allemands, le comte de Senfft en fait le portrait suivant:

«Il avait été l'un des signataires de l'acte de la Confédération rhénane, et se trouvait mêlé à toutes les intrigues d'alors. Ne manquant ni d'idées ni d'une certaine hardiesse qui fait souvent réussir dans une position subalterne, il avait acquis du crédit auprès de M. de Talleyrand, qui se servait de lui pour ses affaires d'argent avec les princes d'Allemagne. Ce fut par ce moyen que les princes de Schwarzbourg, de Waldeck, de Lippe et de Reuss obtinrent à Varsovie leur admission à la Confédération du Rhin.

L'empereur a dit depuis qu'il avait été trompé à leur égard; que, s'il avait su ce qu'il en était, jamais il n'aurait consenti à leur accession. Il faut dire ici que M. de Talleyrand, tout en profitant de sa position pour augmenter sa fortune par des moyens quelquefois peu délicats, ne s'est jamais laissé engager, même par les motifs d'intérêt les plus puissants, à favoriser des plans qu'il pouvait regarder comme destructeurs pour le repos de l'Europe. C'était lui sans doute qui avait le plus fait dans le principe pour l'asservissement de l'Allemagne, et, ayant préparé par une politique artificieuse l'immense prépondérance de la France sur le continent, il s'était ôté luimême les moyens d'arrêter l'ambition insatiable de celui qui gouvernait ce colosse de puissance; néanmoins, au risque même de déplaire au maître, il s'opposa toujours aux projets qui, au milieu de la paix, tendaient à engager la France dans de nouvelles guerres interminables. C'est par ce motif qu'il refusa constamment son appui aux intérêts de la nationalité polonaise. Une somme de quatre millions de florins, offerte à Varsovie par les magnats pour obtenir son suffrage en faveur du rétablissement de leur pays, leur fut restituée après être restée déposée pendant plusieurs jours entre les mains du baron de Dalberg. Considérée sous ce point de vue, sa retraite du ministère après la paix de Tilsitt fut trèshonorable.»

Ce n'est donc point un ennemi qui écrit, et c'est ce même témoin, si digne de foi, qui nous apprend que, précédemment, en , dans les négociations qui amenèrent la paix de Posen, et d'où résulta l'abaissement de la Saxe, un million de francs (une bagatelle) avait été mis à la disposition du plénipotentiaire saxon, le comte de Bose, pour M. de Talleyrand, et un demimillion pour un autre agent diplomatique français, M. Durant, et que ces sommes furent acceptées. Nous avons là le minimum de ce genre de corruption diplomatique, et nous tenons l'information d'un ami, d'un admirateur, et jusqu'à un certain point d'un apologiste de M. de Talleyrand, et qui plaide en sa faveur les circonstances atténuantes. M. de Talleyrand évaluait luimême à soixante millions ce qu'il pouvait avoir reçu en tout des puissances grandes ou petites dans sa carrière diplomatique. Ce qu'il recevait ainsi par canal direct était plus sûr que ce qu'il pouvait gagner au jeu de bourse, et qui était toujours plus ou moins aléatoire. Vieux, il donnait ce conseil à l'un de ses protégés: «Ne jouez pas; j'ai toujours joué sur des nouvelles certaines, et cela m'a coûté tant de millions;» et il disait un chiffre de perte. Il est à croire qu'en comptant ainsi, il oubliait un peu le chiffre des gains.

Cette désagréable mais indispensable question suffisamment éclaircie et vidée, revenons à la politique et ne perdons pas de vue notre objet. Le problème moral que soulève le personnage de Talleyrand, en ce qu'il a d'extraordinaire et d'original, consiste tout entier dans l'assemblage, assurément singulier et unique à ce degré, d'un esprit supérieur, d'un bon sens net, d'un goût exquis et d'une corruption consommée, recouverte de dédain, de laisser aller et de nonchalance.

En se retirant du ministère après la paix de Tilsitt, en , M. de Talleyrand n'encourut point immédiatement la disgrâce. Sa brouille avec Napoléon eut à traverser des phases diverses et fut marquée à plusieurs reprises par des coups de tonnerre, suivis euxmêmes d'apaisement et parfois de velléités presque bienveillantes. Napoléon, malgré tout, avait du goût pour lui.

On a parlé, et Talleyrand luimême s'est targué de son patriotisme pour le peu d'approbation qu'il donna aux gigantesques projets auxquels la paix de Tilsitt et l'alliance étroite avec la Russie ouvraient toute carrière. N'employons pas de si grands mots, laissons de côté ces généreux sentiments qui n'ont que faire en un tel sujet; bornonsnous au vrai. Les esprits dont la qualité principale est le bon sens ont cela d'heureux ou de malheureux, mais d'irrésistible, que, lorsqu'ils sont en présence d'actes ou de projets démesurés, imprudents, déraisonnables, rien n'y fait, ni affection ni intérêt; un peu plus tôt, un peu plus tard, ils ne peuvent s'empêcher de désapprouver. S'ils ont de plus l'esprit et la raillerie à leur service, ils se privent difficilement de faire des mots piquants. Le trait, une fois échappé, court, blesse, irrite.

Ce fut le cas de Talleyrand. Avaitil tout d'abord entièrement déconseillé, comme il s'en est vanté depuis, l'entreprise d'Espagne? Je crois qu'ici il y a à distinguer entre les moments. Sans compter même les reproches publics que lui adressa plus d'une fois Napoléon à ce sujet et qui équivalent à un démenti, il semble que Talleyrand n'avait pu dès le principe se prononcer aussi absolument qu'il l'a prétendu contre toute intervention dans les affaires d'Espagne: sans cela, l'empereur ne lui aurait pas écrit de Bayonne, comme il le faisait (avril): «Je continue mes dispositions militaires en Espagne. Cette tragédie, si je ne me trompe, est au cinquième acte: le dénoûment va paraître.» Il ne se serait point ouvert à lui, comme à un confident, sur le misérable caractère de cette royale famille espagnole, de ce brave homme ou benêt de roi, du prince des Asturies, de la reine, de ce méprisable et inséparable prince de la Paix qui, disaitil, avait l'air d'un taureau: «Le prince des Asturies est trèsbête, trèsméchant, trèsennemi de la France... La reine a son cœur et son histoire sur sa physionomie, c'est vous en dire assez.» Il ne lui eût pas confié ces princes en personne et ne les lui eût pas donnés tout d'abord pour hôtes à Valençay pour «les bien traiter et leur faire passer agréablement le temps», tout en lui recommandant de les isoler et «de faire surveiller autour d'eux». Notez bien que cette année , celle de la fourberie de Bayonne, ne fut point du tout une année de disgrâce pour Talleyrand. Il eut même un retour marqué de faveur lors du voyage d'Erfurt, où il fut appelé et trèsemployé sous main par Napoléon auprès de l'empereur Alexandre (septembreoctobre). Il fut encore employé dans le cours de l'hiver auprès de M. de Metternich. Ces commissions confidentielles lui maintenaient une position rivale et presque menaçante en regard du ministre en titre, M. de Champagny, honnête homme et travailleur, qui prêtait aux épigrammes, et sur le compte duquel il ne cessait de s'égayer. Enfin on trouve encore une lettre de Napoléon à

Talleyrand adressée d'Espagne, d'Aranda, du novembre ; mais ici s'arrête sa faveur avec la confiance. La première grande scène de colère qui éclata contre Talleyrand, et qui avait laissé une si forte impression dans la mémoire des contemporains, eut lieu précisément au retour d'Espagne vers la fin de janvier . Cette scène, racontée par Meneval, qui la tenait d'un des ministres présents, le duc de Gaëte, fit explosion sur la fin d'une séance du Conseil privé. Napoléon avait été informé d'un rapprochement de Talleyrand avec Fouché pendant son absence, et il le soupçonnait de s'être également entendu avec Murat en cas d'accident et en prévision de ce qui pouvait soudainement résulter, dans cette aventure espagnole, d'une balle de guérilla ou d'un poignard de moine visant droit à sa personne. Il se joignait à ces raisons irritantes d'autres circonstances encore que le comte de Senfft nous fait entrevoir; car les intrigues de divers genres à cette cour impériale étaient plus nombreuses et plus entrecroisées qu'on ne le suppose généralement: Napoléon voulut avertir et faire un exemple:

«L'orage éclata sur M. de Talleyrand, qui perdit alors sa place de grand chambellan avec toutes les marques de la disgrâce. La nullité même de la princesse de Bénévent (de cette belle Indienne si ignorante et, paraîtil, si sotte, qu'avait épousée M. de Talleyrand) n'échappa point à la colère de l'empereur; elle fut exclue des invitations de la cour, vit exiler à Bourg en Bresse le duc de SanCarlos, objet de ses tendres préférences, et alla bientôt après cacher son ennui pendant quelques mois dans une terre qu'elle possédait en Artois[].»

La chronique légère de tous les règnes, depuis la cour des Valois jusqu'à celle de MarieAntoinette, est connue: il n'en est pas ainsi encore de celle du premier Empire. Qu'on n'aille point s'imaginer pour cela qu'elle est moins riche et plus stérile, et que la brusquerie militaire y avait supprimé les combinaisons romanesques ou les menées diplomatiques qui se pratiquaient sous le couvert des galanteries; ce serait se tromper étrangement; mais les mémoires particuliers n'ont point paru, les contemporains qui savaient ont cessé de vivre, et les fils, les descendants tiennent en échec jusqu'à présent les révélations posthumes. Toute cette histoire anecdote et secrète finira par sortir. Le salon de M. de Talleyrand, en ces années, était un centre où bien des fils se rejoignaient, et il se plaisait à en jouer.

En ce qui est des scènes qu'il eut à essuyer de Napoléon, elles furent fréquentes et toutes marquées par une extrême violence. On les a souvent confondues; sir Henry Bulwer, s'autorisant d'un récit de M. Molé, s'efforce à tort de réfuter M. Thiers. Le fait est qu'il y eut, depuis la scène de janvier , plus d'une répétition avec variantes de ces soudains éclats de l'empereur contre M. de Talleyrand; il le sentait ennemi, sourdement aux aguets, jouissant tout bas de chaque échec, de chaque faute, en mesurant la portée et les suites, n'attendant que l'heure pour l'abandonner; et, le voyant là, debout devant lui, avec sa mine solennelle, insolemment impassible et froide, il ne pouvait se contenir, il débordait. Il y eut, vers l'époque du divorce, une scène qui n'eut pour témoins que le duc de Bassano et le comte de Ségur, et que tous deux ont racontée depuis. Il put y avoir encore en , avant le départ pour l'armée, cette autre scène dont M. Molé a parlé à sir Henry Bulwer, mais qui n'eut pas d'autre importance[]. En mars , il paraît que Napoléon, surmontant ses répugnances, avait eu une dernière fois l'idée d'employer M. de Talleyrand en Pologne, et que, sur l'ouverture qui lui en avait été faite sous le sceau du secret, Talleyrand s'était empressé de négocier une opération financière à Vienne. L'empereur encore s'emporta ce jourlà et le maltraita de paroles. Le fond et le thème ordinaire de toutes ces scènes orageuses était le même: reproches et récriminations sur le duc d'Enghien, sur les affaires d'Espagne, sur les vols et affaires d'argent, sur de sourdes intrigues en jeu[]. Les pièces officielles ne portent naturellement aucune trace de ces impétuosités toutes verbales. Je relèverai pourtant une lettre sévère datée de SaintCloud (août); un chef d'État, si rude qu'il soit, n'écrit point dans ces termes à qui ne l'a point mérité:

«Monsieur le prince de Bénévent, j'ai reçu votre lettre. Sa lecture m'a été pénible. Pendant que vous avez été à la tête des relations extérieures, j'ai voulu fermer les yeux sur beaucoup de choses. Je trouve donc fâcheux que vous ayez fait une démarche qui me rappelle des souvenirs que je désirais et que je désire oublier.»

Ces grondements ou ces éclats de tonnerre n'empêchaient pas qu'à l'occasion l'empereur ne lui donnât encore des marques effectives de bienveillance et de solide intérêt. Ainsi M. de Talleyrand, qui, depuis sa sortie du ministère, avait d'abord habité sa petite maison de la rue d'AnjouSaintHonoré, «où il recevait fréquemment les étrangers, où il donnait des bals d'enfants, où les voix de Mme Grassini, de Crescentini, les scènes déclamées par Talma et sa femme, par SaintPrix et Lafon, prêtaient aux simples soirées un air de fête», avait depuis acheté l'hôtel Monaco, rue de Varennes, et il y tenait un état princier de maison; mais, la faillite d'un banquier l'ayant mis subitement dans une gêne relative, l'empereur s'empressa de lui venir en aide, et lui acheta son palais. On peut lire à ce sujet[] la décision du janvier , en vertu de laquelle la somme de ,, francs pour prix d'achat lui fut payée sans aucune retenue. Il y est question de dettes urgentes auxquelles cette somme devait sans doute être affectée.

Mais, dans cette alternative de procédés contraires, Napoléon, qui connaissait les hommes, oubliait trop cependant que, s'il est des bienfaits qui obligent, il y a des insultes qui aliènent à jamais et qui délient.

L'attitude impassible de M. de Talleyrand dans les scènes auxquelles il se vit en butte est célèbre. Il avait atteint en ce genre à l'art suprême de l'acteur. L'indifférence pour le bien ou le mal qui se débite à notre sujet n'est pas chose en ellemême si rare qu'on le croit. Les plus vifs de caractère et d'humeur y arrivent à la longue tout comme les autres. M.

Thiers disait un jour à quelqu'un qui l'engageait à répondre à une calomnie: «Je suis un vieux parapluie sur lequel il pleut depuis quarante ans; qu'estce que me font quelques gouttes de plus ou de moins?» Ce mot d'homme d'esprit est fort sage; en effet, le moment arrive assez vite, pour tout nom célèbre, où il est rassasié et comme saturé de tout ce qu'il peut porter et contenir de propos en l'air et de médisances: à partir de ce moment, on a beau dire et écrire, rien ne mord plus, rien n'a prise sur lui, tout glisse, et le nom, désormais garanti, est partout reçu à son titre, et compté pour ce qu'il vaut. La difficulté n'est pas là, dans cette indifférence motivée et réfléchie: elle est dans l'indifférence apparente et de premier mouvement, lorsqu'on est atteint en face, piqué, insulté à bout portant, et qu'un puissant vous montre le poing. Or, c'est à quoi M. de Talleyrand s'était assurément exercé et avait dû travailler à s'aguerrir. Cette indifférence du fond, qu'acquièrent les hommes publics trempés ou blasés, il la commandait à tous ses traits; il l'avait imposée à son visage, qui est devenu par là proverbial; il avait le masque imperturbable, sans grimace ni sourire. Un silence absolu était son invariable réponse. Tout au plus, un jour, à l'issue d'une de ces avanies qu'il venait d'essuyer, se pritil, en descendant l'escalier, à dire à son voisin: «Quel dommage qu'un aussi grand homme ait été si mal élevé!» Cependant, si invulnérable qu'il affectât de paraître, il n'était pas tout à fait à l'abri du côté où il se gardait le moins: devant les colères foudroyantes de Napoléon, il ne témoignait point la moindre émotion; mais, quand Louis XVIII, à Mons, déjà en voiture pour rentrer en France, vers trois heures du matin, le remercia gravement et lui signifia qu'il se passait de lui comme ministre, Talleyrand fut un moment décontenancé. «Il bavait de colère, nous dit Chateaubriand; le sangfroid de Louis XVIII l'avait démonté.»

Les événements de approchaient; à l'annonce du désastre de , Talleyrand avait dit le mot décisif: «Voilà le commencement de la fin.» La fin prévue se précipitait. Il n'est pas à croire que Talleyrand ait fait autre chose dans l'intervalle que voir venir, laisser faire, prendre patience: il n'était pas homme à devancer l'heure. Mais autour de lui, et sous son influence, se formait peu à peu une opinion qui gagnait et qui avait ses courants de toutes parts dans ce haut monde officiel, où chacun commençait à penser à soi. Il s'échangeait bien des vérités et des hardiesses entre lui et ses familiers, à travers son whist, dans cet hôtel de la rue SaintFlorentin qui allait bientôt devenir le quartier général d'une révolution; et ce qui s'était dit là, on ne craignait plus en sortant de le répéter, de le glisser à l'oreille de tous les hauts personnages (et ils étaient nombreux) qui ne donnaient point alors dans les partis désespérés. Ici deux points de vue, deux façons de sentir, qui avaient l'une et l'autre leur raison d'être et leur légitimité, sont en présence, et l'histoire ne peut que les constater sans trancher le différend: il y avait la manière héroïque et patriotiquement guerrière d'entendre la défense du sol, la résistance nationale; de faire un appel aux armes comme aux premiers jours de la Révolution, et, ainsi que Napoléon l'écrivait à Augereau, de «reprendre ses bottes et sa résolution de »; mais il y avait aussi chez la plupart, et chez les hommes de guerre tout les premiers, fatigue, épuisement, rassasiement comme après excès; il y avait partout découragement et dégoût, besoin de repos, et, dans le pays tout entier, un immense désir de paix, de travail régulier, de retour à la vie de famille, aux transactions libres, et, après tant de sang versé, une soif de réparation salutaire et bienfaisante. C'est à une solution dans ce dernier sens que tendaient le bon esprit et la politique comme les intérêts personnels de Talleyrand. Il paraît que, dès la fin de , il avait insinué quelquesunes de ses idées jusque dans le gouvernement même; Napoléon écrivait de NogentsurSeine, le février , au roi Joseph, son lieutenant général à Paris, et qui luimême était d'humeur pacifique et douce:

«Faites donc cesser ces prières de quarante heures et ces miserere. Si l'on nous faisait tant de singeries, nous aurions tous peur de la mort. Il y a longtemps que l'on dit que les prêtres et les médecins rendent la mort douloureuse. Le moment est difficile sans doute; mais, depuis que je suis parti, je n'ai guère eu jusqu'à cette heure que des avantages. Le mauvais esprit des Talleyrand et des hommes qui ont voulu endormir la nation m'a empêché de la faire courir aux armes, et voici quel en est le résultat.»

Et le lendemain, février:

«Oui, je vous parlerai franchement. Si Talleyrand est pour quelque chose dans cette opinion de laisser l'impératrice à Paris, dans le cas où l'ennemi s'en approcherait, c'est trahir. Je vous le répète, méfiezvous de cet homme! Je le pratique depuis seize années; j'ai même eu de la faveur pour lui; mais c'est sûrement le plus grand ennemi de notre maison, à présent que la fortune l'a abandonnée depuis quelque temps. Tenezvous aux conseils que j'ai donnés. J'en sais plus que ces genslà.»

Quoi qu'il en soit, Talleyrand tint bon jusqu'à la fin pour cet avis que l'impératrice devait demeurer dans la capitale. Dans le Conseil qui fut assemblé au dernier moment, quand on apprit que les alliés marchaient sur Paris, il maintint son opinion jusqu'à ce que le roi Joseph produisît une lettre de Napoléon qui ne permettait plus d'hésiter: MarieLouise devait, le cas échéant (et il était échu), se retirer sur la Loire. Talleyrand, qui avait déjà pensé aux Bourbons, mais qui n'eût point été fâché sans doute de ne pas en être réduit à leur merci, et qui aurait pu favoriser encore une combinaison de régence, prit alors son parti, et en quittant la salle du Conseil, clopin clopant, il dit au duc de Rovigo ces mémorables paroles, où le bon sens, d'un air de négligence, se donne à plaisir tous ses avantages:

«Eh bien, voilà donc la fin de tout ceci! N'estce pas aussi votre opinion? Ma foi! c'est perdre une partie à beau jeu. Voyez un peu où mène la sottise de quelques ignorants qui exercent avec persévérance une influence de chaque jour. Pardieu! l'empereur est bien à plaindre, et on ne le plaindra pas, parce que son obstination à garder son entourage n'a pas de motif raisonnable; ce n'est que de la faiblesse qui ne se comprend pas dans un homme tel que lui. Voyez, monsieur, quelle chute dans l'histoire! donner son nom à des aventures, au lieu de le donner à son siècle! Quand je pense à cela, je ne puis m'empêcher d'en gémir. Maintenant quel parti prendre? Il ne convient pas à tout le monde de se laisser engloutir sous les ruines de cet édifice. Allons, nous verrons ce qui arrivera! L'empereur, au lieu de me dire des injures, aurait mieux fait de juger ceux qui lui inspiraient des préventions; il aurait vu que des amis comme ceuxlà sont plus à craindre que des ennemis. Que diraitil d'un autre s'il s'était laissé mettre dans cet état?»

Voilà certes ce qui peut s'appeler une revanche de l'esprit sur le génie. Le bon sens, avec sa béquille, a rattrapé le génie avec son vol d'aigle. Le pire pour le génie, c'est qu'il n'y a rien à répondre.

La première Restauration fut, on peut le dire, l'œuvre de M. de Talleyrand: c'a été le grand acte historique de sa vie ou, si l'on aime mieux, le triomphe de son savoirfaire. Il a été làdessus attaqué par les deux partis opposés, bonapartiste et royaliste, et de ce dernier côté presque autant que de l'autre. Ce n'est certes pas nous qui le blâmerons jamais d'avoir mis des conditions de régime moderne au rétablissement des Bourbons et d'avoir stipulé des garanties. Il y était intéressé sans doute, mais tous y étaient intéressés comme lui, et, après tout, un bon gouvernement n'est que la garantie des intérêts.

Je n'ai pas à redire ce qui est dans tous les récits. On sait que M. de Talleyrand fit semblant de vouloir sortir de Paris pour suivre l'impératrice à Blois, et qu'il s'arrangea de manière à se faire arrêter à la barrière. Revenu à son hôtel, il ne pensa plus qu'à ménager et à hâter l'entrée des souverains alliés. Il leur faisait signe depuis quelque temps, mais des signes muets et qui n'étaient compris qu'à demi. On raconte (et je mets le mot tel quel, sans autre explication) que, quand le comte Pozzo di Borgo entra chez M. de Talleyrand, celuici se faisait friser: «Général, lui ditil, à quoi pensiezvous donc de vous faire ainsi attendre? Vous étiez prévenu, je vous avais envoyé Tourton[] qui vous avait porté la moitié de bague qui était le signe convenu.»

Ce qu'était et ce que dut être l'hôtel SaintFlorentin à ce moment, M. Beugnot, dans ses Mémoires, nous en a donné un vif aperçu, et tous ceux qui ont vu de nos jours le quartier général d'un gouvernement provisoire peuvent en avoir quelque idée. Toutes les têtes exaltées, les imaginations ardentes, les intrigants de toute espèce, les hommes à projets et à espérances, y affluaient et cherchaient à pénétrer, les uns jusqu'à l'empereur Alexandre, les autres au moins jusqu'à M. de Talleyrand. Un des plus singuliers, c'était l'imprimeur Michaud, un royaliste pur, celui même qui a fait depuis et compilé le terrible article biographique contre Talleyrand. Il venait de rendre un grand service en imprimant en toute hâte la Déclaration de l'empereur Alexandre à la nation française; mais en même temps il se présentait avec le poëme de la Pitié de Delille sous le bras, et il tenait absolument à l'offrir en personne à l'empereur Alexandre au débotté, attendu que, dans ce poëme, qui datait de , Delille avait adressé des vers prophétiques à ce même empereur.On recevait les uns, on éconduisait les autres: les émissaires se succédaient à chaque minute; Laborie, le secrétaire, l'homme affairé entre tous, y contractait cette agitation haletante et essoufflée qui ne l'a plus quitté depuis. Dans toutes les pièces, dans tous les coins de l'entresol, des troupes et des pelotons bourdonnaient et bruissaient à ne pas s'entendre. Que lisaiton sur tous ces visages? Assurément pour l'ensemble du coup d'œil, Beugnot est bien; mais, ô SaintSimon, l'homme au miroir magique, à la palette resplendissante, où estu? Cependant, M. de Talleyrand ne perdait pas de vue son hôte: Napoléon était encore debout et menaçant.

C'est alors, ou dans les journées suivantes, que le fameux Maubreuil, lui aussi, se présenta. M. de Talleyrand a toujours nié l'avoir vu; mais d'autres que lui le virent, et il est difficile de douter qu'il n'y ait réellement eu un conciliabule où l'on discuta le coup proposé par Maubreuil: «se défaire de Napoléon.» On est allé jusqu'à citer les paroles dites; l'abbé de Pradt était bien assez pétulant, l'abbé Louis assez brutal de propos, pour les avoir proférées. «Combien vous fautil?Dix millions.Dix millions! mais ce n'est rien pour débarrasser le monde d'un tel fléau.» Ces paroles ont été dites, entendues et répétées. Quant à M. de Talleyrand, il n'était pas homme assurément à commander de pareils actes: il n'était pas homme non plus à les décourager. Il avait au besoin l'art de l'ignorer.

Comme ce n'est point de l'histoire sévère que j'écris en ce moment, et que je ne vise qu'à mettre en lumière quelques traits essentiels d'un haut et curieux personnage, je veux marquer encore par un contraste sensible ce qu'il avait de supérieur en son genre et en quoi, par exemple, il l'emportait incomparablement pour la tenue, pour le secret, l'esprit de conduite et une dignité naturelle sur des acolytes, gens de beaucoup d'esprit, mais légers, intempérants, et qui ne venaient que bien loin à sa suite dans l'ordre de la politique et de l'intrigue. Ainsi l'abbé de Pradt était un ennemi de Napoléon, et, certes, piqué au jeu autant que M. de Talleyrand; il était actif, délié, infiniment spirituel en conversation, et, la plume à la main, un écrivain de verve et pittoresque; mais que dire de lui plus à sa charge que ce qu'on va lire, et qui le classe de son aveu à je ne sais combien de crans audessous de M. de Talleyrand? C'est une anecdote qui m'arrive par tradition, en droite ligne, et que Berryer aimait à raconter. La voici telle qu'un témoin délicat et sûr l'a recueillie de sa bouche et l'a écrite aussitôt:

«En , M. de Talleyrand était à la tête d'une espèce de conspiration, dont le but d'abord fut de faire passer l'empire à Napoléon II, sous la régence de MarieLouise; puis, le but se transformant, il se prit à travailler au retour des Bourbons.

«A ce moment, l'abbé de Pradt, archevêque de Malines, qui aimait passionnément jouer au moins le rôle de marmiton dans toutes les cuisines politiques, eut vent de l'affaire, et il me conta (c'est Berryer qui parle) l'anecdote en ces termes:

«Je voulais savoir (disait donc l'abbé de Pradt) de quoi il était question, et il était impossible de faire parler le prince de Talleyrand entouré de monde et sur ses gardes. «A son âge,» pensaije, «on tient un peu de la vieille femme; il doit être bavard au réveil: voilà le moment qu'il faut saisir.» Pour cela, je ramasse une nouvelle, dont je ne mets qu'un fragment dans mon billet, ajoutant que je demandais la permission de venir achever de vive voix ce qui ne pouvait se confier au papier. J'envoie le billet à l'heure du réveil, et, pour ne pas laisser au prince le temps de réfléchir, d'hésiter à me recevoir oui ou non, je suis la lettre à cinq minutes de distance. On m'introduit.Le prince était orné de quatorze bonnets superposés les uns sur les autres, ce qui formait plaisamment un grand édifice sur sa petite figure[].Comme je l'avais pressenti, il fut causeur, et je sus tout. Rentré chez moi, je décidai que le seul moyen de prendre pied dans cette affaire était d'y faire entrer un personnage politique important; après avoir bien cherché: «Ma foi!» m'écriaije, «il n'y a que Rovigo qui remplisse mon but.» Je cours chez le ministre de la police. C'était le soir, il y avait réception. J'entame avec lui une conversation et, tout en nous promenant, je dirige nos pas vers la salle du billard, où enfin nous nous trouvons tous deux seuls:

«Monseigneur,» lui disje, «l'horizon se rembrunit.Vous pensez, monsieur?Les têtes graves doivent réfléchir.C'est mon avis, monsieur l'archevêque.Il y a telle circonstance dans la vie politique où un homme peut racheter tout un passé.Croyezvous, monsieur?» Et ici le duc pouvait songer confusément à la mort du duc d'Enghien. «Je crois, monseigneur, que le moment est venu...Monsieur, je vais expédier un courrier à Sa Majesté l'empereur pour le consulter à cet égard.»J'avais manqué le but. Je quittai Paris précipitamment, afin d'éviter le retour du courrier. Mais celuici fut pris par un détachement de Cosaques; l'empereur ne connut pas le message, et je revins à Paris prendre place dans la commission qui organisait le retour des Bourbons.

Et voilà bien la différence qu'il y a entre un marmiton politique et un maître d'hôtel habile et consommé.

IV

La vive satisfaction que dut éprouver M. de Talleyrand pour le bien joué et le plein succès de sa tactique en ne fut que de courte durée. Le résultat atteint, et à peine sorti d'un régime d'ambition et de conquête, il put vite s'apercevoir qu'il allait avoir affaire à des opposants d'un autre genre, et non pas les moins opiniâtres ni les moins dangereux: il retrouvait sur son chemin, après vingtcinq ans, comme au premier jour, l'entêtement dans le passé, les préventions personnelles et l'humeur, l'ornière de la routine, les hauteurs du droit divin, un favoritisme exclusif et inintelligent, la méconnaissance de l'esprit d'un siècle. Sir Henry Bulwer a trèsbien exposé ces premiers et légers déboires que l'introducteur de Louis XVIII eut à supporter, les reproches qu'il essuya des deux parts pour s'être si fort pressé de signer la convention du avril qui abandonnait aux alliés tant de places fortes avec un matériel de guerre si considérable. Un négociateur animé d'un plus vif sentiment national eût, certes, fait en sorte d'obtenir mieux de la bienveillance d'Alexandre, trèsporté pour la France à cette époque, et il eût au moins disputé le terrain pied à pied; mais un tel négociateur ne pouvait se trouver alors dans la ligne et dans le rôle de M. de Talleyrand. Il n'avait pas non plus en lui ce qu'il aurait fallu pour tenter d'insinuer ou d'imposer à Louis XVIII, dès le début, un ministère parlementaire. Comment eûtil pu d'ailleurs improviser en ce sens une influence respectable et forte avec les instruments muets, et la veille encore serviles, qu'il avait sous la main? Les éléments constitutionnels lui manquaient, comme aussi l'autorité à cet égard et l'ardeur d'une conviction. Ses lumières qui étaient grandes le laissaient froid. L'effort constant n'était pas son fait. Il entre bien du courage, et de l'élévation de sentiments aussi, dans toute grande ambition politique. M. de Talleyrand péchait par là:

«Il n'était pas homme, nous dit sir Henry Bulwer, à créer, à stimuler, à commander. Comprendre une situation, recueillir les influences éparses autour de lui et les diriger vers un point auquel il était de leur intérêt d'arriver, c'était là son talent particulier. Mais soutenir une lutte longue et prolongée, intimider et dominer les partis en lutte, cela dépassait la mesure de ses facultés, ou plutôt de son tempérament calme et froid[].»

Il fut heureux d'échapper le plus tôt possible aux ennuis de sa situation à l'intérieur en prenant en main le jeu diplomatique et en allant représenter la France au congrès de Vienne. Je laisserai sir Henry Bulwer aux prises avec M. Thiers sur la question de plus ou moins d'habileté que déploya M. Talleyrand à ce congrès. Atil eu tort, comme M. Thiers le prétend, de se tourner tout d'abord vers l'Angleterre et l'Autriche, et de ne pas attendre que la Prusse et la Russie vinssent à lui? Avaitil raison, au contraire, comme le soutient sir Henry Bulwer, de saisir avec habileté le joint et de ne pas manquer l'occasion de diviser les grandes puissances? Questions rétrospectives et un peu vaines. Ce qu'il faut reconnaître, c'est qu'il fit de son mieux pour servir le gouvernement et le monarque qui lui avaient remis leurs intérêts, et pour rendre à la France dignité et influence dans les conseils de l'Europe. Ce qui malheureusement n'est pas moins certain, c'est qu'il ne perdit pas l'occasion non plus de reprendre sous main ses habitudes de trafics et marchés: six millions lui furent promis par les Bourbons de Naples pour favoriser leur restauration, et l'on a su les circonstances assez particulières et assez piquantes qui en accompagnèrent le payement[].

Le coup de tonnerre du mars, la nouvelle de la rentrée en scène de Napoléon, qui brusqua la séparation du congrès, donna fort à réfléchir à M. de Talleyrand, et il mit dans toutes ses démarches des mois suivants une singulière lenteur. Il avait mal au foie quand il lui convenait, et c'était, selon lui, «le premier devoir d'un diplomate, après un congrès, de soigner son foie». Il en sentit surtout le besoin pendant les CentJours. Une visite de Montrond, que Fouché lui dépêcha à Vienne et qui s'était chargé de le sonder sur plus d'un point, ne contribua pas à le diligenter ni à le détourner d'aller faire sa cure à Carlsbad. Il y eut dès lors comme un premier aperçu jeté en causant, une première idée vaguement esquissée du duc d'Orléans possible comme roi de France; ce n'était qu'un encas: M. de Talleyrand se contenta de répondre «que la porte n'était pas ouverte encore, mais que, si elle venait jamais à s'ouvrir, il ne voyait pas la nécessité de la fermer avec violence».

Il ne se pressa point d'ailleurs de rejoindre Louis XVIII, ni d'aller faire du zèle et de l'émigration à Gand; il ne se rendit en Belgique qu'à la dernière heure, et quand le canon de Waterloo avait prononcé. On a raconté la scène de Mons, et comment lui qui s'était cru nécessaire, il se vit tout d'un coup évincé. Entre Beugnot et Chateaubriand, ces deux témoins de son désappointement, l'un si spirituel, l'autre si amer et si ennemi, Talleyrand observé, démasqué, percé au vif à ce moment, passe devant la postérité un mauvais quart d'heure, et, ce qui lui eût été le plus pénible, il y paraît même un peu ridicule. Dans le premier mouvement de colère, il fut tenté de quitter la partie et de retourner en Allemagne pour soigner tout de bon son foie. Mais bientôt, et mieux conseillé, il se ravisa: Louis XVIII de son côté, sur le conseil de lord Wellington, se ravisait également, et M. de Talleyrand, rappelé par le roi à Cambrai, fut le principal ministre et le pilote préposé à cette entrée de la seconde Restauration, comme il l'avait été à la première.

Les circonstances étaient bien autrement difficiles, et, après avoir montré quelque fermeté au début visàvis du roi et de son frère, M. de Talleyrand parut manifestement audessous de sa tâche. Sa première faute fut d'accepter Fouché pour collègue et de le croire presque aussi indispensable que luimême. Chateaubriand nous a fait assister à cette scène d'ironie étrange et à la Tacite, qui se passa à l'ombre de l'abbaye royale: Talleyrand introduisant Fouché dans le cabinet du roi, frère de Louis XVI, «le vice appuyé sur le bras du crime», et venant patronner son compère, le cautionner effrontément et l'imposer. Talleyrand, si sagace qu'il fût, mais trop étranger au sentiment de la pudeur publique, qui seule, et au défaut même de la prudence politique, aurait dû l'avertir, ne se dit point alors que c'était trop de deux à la fois, que la double pilule était trop amère pour l'estomac de la légitimité, et qu'une réaction prochaine inévitable devait les revomir l'un et l'autre. Quand plus tard il voulut se détacher de l'acolyte qu'il s'était donné, et faire cause à part, il n'était plus temps: l'esprit de parti ne faisait plus entre les deux grande différence. Une fois à l'œuvre d'ailleurs, son insuffisance à luimême, comme premier ministre dirigeant, se montra dans tout son jour. Les Mémoires de M. Pasquier, son collègue dans ce cabinet, lorsqu'ils paraîtront, le diront assez en détail. M. de Talleyrand avait de l'incurie, de la légèreté à un degré incroyable. Il n'aimait pas à prendre de peine. Sa vie de jeu, d'indolence et de loisir s'accommodait mal de cette application obligée de chaque heure et de chaque instant, elle lui permettait tout au plus de l'activité par veine et intermittence. Ce ministère de , qui dura moins de trois mois, fut le grand écueil de son habileté. Les bornes de sa capacité y apparurent. En un mot, M. de Talleyrand, parfait diplomate et ambassadeur excellent, n'avait pas l'étoffe d'un premier ministre constitutionnel et d'un président du conseil.

Lors donc qu'en présence de l'ultimatum des puissances coalisées et du mauvais vouloir de la Chambre nouvelle, il alla avec deux de ses collègues exposer au roi les embarras du cabinet et réclamer un surcroît d'appui, en offrant un semblant de démission, Louis XVIII le prit au mot, et il fut encore une fois décontenancé comme il ne l'avait jamais été sous Napoléon, et comme il l'avait été à Mons.Ces attrapes et ces niches de Louis XVIII lui étaient restées sur le cœur; il l'appelait par sobriquet le roi nichard.

Nommé grand chambellan, il conserva pourtant une attache officielle, mais de pure montre. Il se tenait imperturbablement derrière le fauteuil du roi dans toutes les grandes cérémonies; mais il fut véritablement hors de la vie politique active tout le temps de la Restauration; il n'était que spectateur.

A l'occasion de la guerre d'Espagne en , il fit une démonstration trèsmarquée, un discours à la Chambre des pairs, dans lequel, s'autorisant de ses prétendus anciens conseils à Napoléon, il pronostiquait des malheurs comme inévitable conséquence de l'expédition, et signalait des dangers rejaillissant jusque sur la France. Quand on parle de la sagacité infaillible de M. de Talleyrand, on oublie trop ce discours; mais en fait de prophéties, on ne se souvient guère que de celles qui réussissent.

Il portait, d'ailleurs, sur les choses publiques un jugement excellent; il sentait les périls intérieurs là où ils étaient; partisan déclaré de la liberté de la presse, il ne fut pas des derniers à prédire où mènerait la censure. Deux fois à la Chambre des pairs, en et , il prit hautement la défense de la presse en face de la réaction dominante, et il dénonça la voie fatale où l'on s'engageait. Ceci doit lui être compté devant l'histoire. C'est dans ce mémorable discours du juillet qu'il rappelait dans un langage élevé de grandes vérités politiques:

«Tenons pour certain que ce qui est voulu, que ce qui est proclamé bon et utile par tous les hommes éclairés d'un pays, sans variation pendant une suite d'années diversement remplies, est une nécessité du temps. Telle est, messieurs, la liberté de la presse.»

Il y disait encore:

«La société, dans sa marche progressive, est destinée à subir de nouvelles nécessités; je comprends que les gouvernements ne doivent pas se hâter de les reconnaître et d'y faire droit; mais, quand ils les ont reconnues, reprendre ce qu'on a donné, ou, ce qui revient au même, le suspendre sans cesse, c'est une témérité dont, plus que personne, je désire que n'aient pas à se repentir ceux qui en conçoivent la commode et funeste pensée. Il ne faut jamais compromettre la bonne foi d'un gouvernement. De nos jours, il n'est pas facile de tromper longtemps. Il y a quelqu'un qui a plus d'esprit que Voltaire, plus d'esprit que Bonaparte, plus d'esprit que chacun des directeurs, que chacun des ministres passés, présents, à venir: c'est tout le monde. S'engager ou du moins persister dans une lutte où tout le monde se croit intéressé, c'est une faute, et aujourd'hui toutes les fautes politiques sont dangereuses.»

Le bon sens de M. de Talleyrand, ces jourslà, s'élevait à toute sa hauteur et égalait même en gravité la raison d'un RoyerCollard. L'ancien constituant au repos se retrouvait avec ses idées, j'ai presque dit avec ses principes. Dans ce rôle d'observateur et de critique, il était tout à fait à son avantage.

D'intéressantes lettres familières, dont il m'a été donné de tirer des copies exactes, vont nous le montrer en même temps tel qu'il était dans la vie privée, doux, facile, s'amusant à des riens, légèrement épigrammatique. Sachons voir les hommes sans parti pris et par tous leurs aspects; écoutonsles parler sur leur vrai ton.

M. de Talleyrand allait ordinairement aux eaux tous les étés, il habitait le château de Valençay (Indre), et sa nièce, la belle et spirituelle duchesse de Dino, était près de là à Rochecotte. Il écrivait, des eaux de Bourbon, à une amie de Paris, femme d'un de ses anciens collègues, ministre de Napoléon:

«Les bains de Mme de Dino ont été retardés par les pluies, ce qui fait qu'elle a passé quatre ou cinq jours fort inutilement dans le plus vilain endroit du monde: elle n'a pu commencer son traitement d'eaux qu'hier.Vous ne me mandez point de nouvelles, et je suis tout près de vous en remercier. Les journaux qui m'arrivent, et que je lis tard, m'en apprennent plus que je ne veux. Quand les choses ne vont pas comme on le comprend, le mieux est d'attendre et d'y peu penser. Le bonhomme la Fontaine a dit:

Patience et longueur de temps
Font plus que force ni que rage.
J'adopte cette opinion, et je crois que M. Mollien fait tout comme moi.Je me suis mis à lire les articles littéraires des journaux qui arrivent ici, et j'en serai trèsprobablement bientôt dégoûté. Ne croyezvous pas que SainteAulaire luimême doive être un peu embarrassé de l'éloge que fait le Constitutionnel de son Histoire de la Fronde? On y loue le livre, on y loue l'auteur, on y loue les aïeux, et il a fallu tout le savoirfaire et dire de son père pour avoir échappé à quelque éloge.Il sort de ma chambre un buveur d'eau abîmé de rhumatismes et qui en conséquence voit tout en noir: le présent et l'avenir lui fournissent un beau champ qu'il exploite toute la journée. Chez vous, au contraire, on voit tout en beau, et je crois que cela ne changerait pas, même quand on aurait des rhumatismes, tant la disposition est douce. J'ai retrouvé dans ma mémoire un vers qui va à ces deux si différentes humeurs:

Le malheur est partout, mais le bonheur aussi.

Pessimistes et optimistes doivent s'arranger de ce verslà: n'estce pas singulier?... La princesse (Poniatowska?) va demain faire une course à Néris; elle y passera vingtquatre heures. J'en suis bien aise, parce qu'elle me dira exactement comment elle a trouvé Mme de Dino; j'irai plus tard. Vous connaissez la passion de la princesse pour les chevaux gris; elle en a trouvé deux ici qu'elle a bien vite arrêtés pour le temps qu'elle passerait à Bourbon. Ce matin, elle a voulu en jouir pour se promener. Ils lui ont été amenés par un cocher qui avait un bonnet de coton et qui ne peut pas le quitter, parce qu'il a la gale. Cela a un peu désappointé son élégance, et m'a amusé.Adieu. Ce n'est encore que le juin: je suis à ma huitième douche. Faites toutes mes amitiés à M. Mollien. Vous ne me dites pas comment il trouve les productions de Gaëtan[].»

On était sous le ministère Villèle et au pire moment, après le licenciement de la garde nationale, à la veille de la clôture de la session, de la dissolution de la Chambre et de l'Ordonnance qui allait rétablir la censure. M. de Talleyrand, sur tout cela, pressentait et calculait juste; mais, aux pensées trop sombres, il ne voyait à opposer que sa méthode expectante:

«Il y a bien longtemps qu'il n'a paru de votre écriture à Bourbon: cela n'embellit pas l'endroit.Il nous est cependant arrivé quelques paralytiques de plus ces jourssci; mais nous n'avons pas un rhumatisme de connaissance.Je ne sais si c'est par la disposition dans laquelle mettent ces eauxci, ou par humeur, ou par réflexion, mais je n'ai jamais été absent de Paris avec de si mauvais pressentiments sur les affaires publiques. Sans prévoir rien de ce que l'on fera, je crains que, malgré notre apathie, on ne nous lance dans les grandes aventures de révolution, si l'on se laisse aller à la tentation de la censure. C'est le premier anneau d'une chaîne qui peut entraîner tout au précipice. Mais qu'y faire? Je ne sais en vérité qui y peut quelque chose.Contre ces tristes pensées et la mauvaise saison, je ne connais de recours raisonnable que Jeurs[].Ici, il n'y a point de livres: ainsi l'on ne peut pas se réfugier dans le passé.Mme de Dino soupçonne qu'elle est un peu mieux; mais c'est si peu de chose, que nous n'avons pas encore obtenu ce que promettait le médecin timide de Néris. Mes projets de retour ne sont pas encore fixés: ils dépendent un peu de ceux que l'on forme à Néris, où j'irai passer quelques jours. Je crois que je vous écrirai encore une fois d'ici.Il me semble que tout le monde a quitté Paris: il n'en arrive point de lettres, de telle sorte que je ne saurai plus comment va le monde, surtout s'il y a censure.L'affaire Maubreuil, que je lis dans les journaux[], me paraît se réduire à ceci: «Donnezmoi de l'argent ou je ferai du scandale.» On ne lui donne pas d'argent, et il fait du scandale; si l'on peut appeler scandale des injures bien grossières, adressées par un voleur de grand chemin à des gens qu'il n'a jamais vus. Adieu! si vous m'écrivez encore une fois ici, j'aurai le bonheur de recevoir votre lettre; car rien ne peut naturellement m'empêcher d'y passer encore huit jours.Mille amitiés à M. Mollien.»

Dans ce cercle de M. de Talleyrand, on avait beaucoup d'esprit, mais on ne faisait pas une si grande dépense d'idées qu'on pourrait de loin le supposer. Ayant à parler de la mort de M. Canning, si l'on imagine un politique de l'école des doctrinaires ou de celle même de M. de Chateaubriand, écrivant une lettre, il s'y prendra d'une tout autre façon que M. de Talleyrand, se bornant à des faits précis et presque matériels dans le billet que voici:

«Je vous ai mandé hier la mort de M. Canning. L'état dans lequel est toute la ville de Londres est extrêmement honorable pour l'Angleterre. Pendant vingtquatre heures, il n'y a eu ni affaires, ni occupations, ni intérêts d'aucun genre. La route de Chiswick était couverte de monde, et du monde de toutes les classes. Deux fois dans le même jour, cent mille bulletins ont été distribués dans DowningStreet. On ne pensera pas encore de quelque temps au successeur: les Chambres n'étant pas assemblées, rien ne presse.On dit que la première cause de la maladie a été un dîner chez l'ambassadeur de Naples; il y avait, suivant son usage, beaucoup trop mangé: ensuite est arrivée une inflammation dont on n'a jamais pu se rendre maître.J'irai vous voir mardi avec M. Chauvin. Je n'écris pas à M. Mollien. Je ne lui parlerais que de M. Canning, et vous savez tout ce que je sais. Je cherche en moi s'il y a quelque chose que j'ai oublié de vous dire, je ne trouve rien.»

C'est bien, mais c'est court[].

Quand on parle de goût et qu'on célèbre celui de l'ancienne société, celui de quelques hommes en particulier dont M. de Talleyrand était comme le type accompli, il faut bien s'entendre et se garder de confondre le goût social et le goût littéraire; car, en matière de littérature et surtout de poésie, ces gens d'esprit en étaient restés aux formes convenues de leur jeunesse et aux lieux communs de leur éducation première; on en a une singulière preuve dans la lettre suivante:

«Je quitte Bourbon ce soir. Il a fait un tel temps depuis quinze jours, que je ne sais si les eaux m'ont fait du bien ou du mal.Pauline[] a été mon seul plaisir. La douce approche d'une jolie enfant a un grand charme.Le général Dupont[] est ici depuis quelques jours. Il fait des vers et m'en a dit quelquesuns. Voici une strophe que j'ai placée dans ma mémoire.Je la trouve trèsbelle: vous direz si j'ai tort ou raison; je vous croirai. C'est en sortant du Jardin des Plantes qu'il a fait l'ode d'où cette strophe est tirée:

Loin du rivage de Golconde,
L'hôte géant de ces déserts,
De sa solitude profonde
Chérit l'image dans ses fers.
Jamais son épouse enchaînée
Ne veut d'un servile hyménée
Subir les honteuses douceurs;
L'amour en vain gronde et l'accuse;
Sa jalouse fierté refuse
Des sujets à ses oppresseurs...»
Il s'agit vraisemblablement de l'éléphant du Jardin des Plantes et de sa femelle, qui ne reproduisait pas dans l'état de captivité. Mais comment un esprit si net et si juste en prose pouvaitil se prendre d'une sorte d'admiration pour de tels amphigouris soidisant lyriques? C'est, je le répète, et toute l'histoire des salons le prouve, qu'un certain mauvais goût littéraire est trèscompatible avec le goût social le plus délicat.

On aura remarqué le mot touché en passant sur sa petite nièce Pauline: «La douce approche d'une jolie enfant a un grand charme.» S'il y a eu un bon côté dans M. de Talleyrand arrivé à l'extrême vieillesse, c'a été ce coin d'affection pure.

Et, en général, ces lettres douces et faciles iraient à nous faire croire, pour peu qu'on le voulût, à un Talleyrand meilleur. Il faut toujours se méfier de l'impression que font les vieillards, surtout s'ils sont gens bien élevés et polis. En vieillissant, quand les passions sont amorties ou impuissantes, quand on n'a plus à commettre ses fautes ou ses crimes, on redevient bon ou on a l'air de l'être; on a même l'air de l'avoir toujours été. Mme de Sévigné n'appelait ce démon de Retz dans sa vieillesse que «notre bon cardinal».

J'ai encore sous les yeux une lettre de M. de Talleyrand, de l'été de : ce sont des nouvelles de société, avec une pointe légère de raillerie. Il effleure en passant ses amis les doctrinaires; mais sur Chateaubriand le trait est plus enfoncé:

«Voilà le beau temps arrivé: il se présente avec l'air de la durée. M. RoyerCollard en a profité pour venir à ChâteauVieux passer quelques jours. Il y est tout seul: sa femme est restée avec sa fille, qui est malade à Paris.Toute la doctrine s'occupe de mariage: M. de Rémusat vient d'épouser Mlle de Lasteyrie, qui est fort jolie, et il se promet d'être amoureux. Le mariage a été célébré par un prêtre janséniste, qui dans son discours a un peu scandalisé les habitués de la paroisse.Ce n'est pas tout: M. Guizot épouse Mlle Dillon sa nièce, et il est amoureux tout comme un autre. A son grand regret, le mariage ne se fait qu'au mois de novembre. Me voilà au bout de mes nouvelles. Les amours des doctrinaires sont tout ce que je sais.Ditesmoi quelque chose de Paris, pour qu'en y retournant je ne paraisse pas un véritable provincial:mes occupations me donnent cette directionlà; car je renouvelle les baux de Valençay, où tout est en petit domaine.M. de Vaux[] s'annonce pour la fin de septembre: je serai charmé de le revoir. Je crois que M. de Chateaubriand devient un peu pesant pour lui, et on ne voit pas les efforts qu'il prétend faire pour les personnes qui lui sont dévouées. Il part pour Rome avec mille francs d'appointements, et Villemain et Bertin de Vaux restent là. Je ne conçois rien à des relations aussi sèches que celles de Chateaubriand avec eux[].Nous nous portons tous bien dans notre petit rayon; mais, quand nous voulons l'étendre, nous rencontrons des maladies dont ce paysci est plein, etc.»

La révolution de juillet n'étonna point M. de Talleyrand, qui l'avait vue venir. Il y intervint à sa manière, tard, mais à temps et d'une manière utile. Sir Henry Bulwer a trèsbien raconté comment le troisième jour, le , M. de Talleyrand chargea un secrétaire de confiance d'aller s'assurer si la famille royale était encore à SaintCloud ou si elle en était déjà partie; puis comment, au retour, il le pria de nouveau d'aller trouver de sa part Madame Adélaïde à Neuilly ou ailleurs, et de lui remettre, parlant à ellemême, un billet qu'elle lui rendrait après l'avoir lu. Ce billet qui amena sur les lèvres de Madame Adélaïde une exclamation soudaine: «Ah! ce bon prince, j'étais bien sûre qu'il ne nous oublierait pas!» dut contribuer à fixer les indécisions du futur roi. Puisque M. de Talleyrand se prononçait, LouisPhilippe pouvait se risquer.Et comme ne manquerait pas de le dire M. CuvillierFleury, l'historiographe de la maison: Nil desperandum Teucro duce et auspice Teucro.

M. de Talleyrand rendit le plus grand service au nouveau gouvernement en acceptant le poste d'ambassadeur à Londres. Son nom seul, avec la réputation d'habileté et de prudence qui l'environnait, était déjà une garantie. On dit qu'il ouvrit les conférences de Londres en ces termes: «Messieurs, je viens m'entretenir avec vous des moyens de conserver la paix à l'Europe...» Il y réussit, et remporta ce jourlà sa plus signalée victoire diplomatique.

S'il avait eu, comme Chateaubriand, le goût des contrastes, son imagination aurait eu beau jeu à se déployer par la comparaison de son succès personnel à Londres en et de la souveraine considération dont il jouissait, avec l'accueil si défavorable (pour ne pas dire pis) qui lui avait été fait trentehuit années auparavant en janvier , lorsqu'il y était venu chargé d'une mission secrète de la part d'un gouvernement décrié, que le choix qu'on faisait de lui décriait encore davantage[]. Mais l'esprit de M. de Talleyrand était peu porté à ces antithèses. S'il avait eu en dernier lieu un triomphe éclatant, il n'était pas insensible aux petits dégoûts qui sont presque toujours la monnaie et la rançon de tout grand succès. La lettre suivante qu'il écrivait confidemment à Mme de Dino (?), au moment de la mort de Casimir Périer, nous le montre au naturel et ne se surfaisant pas les choses:

«A chaque heure, j'invoque M. Périer! et j'ai bien peur que ce ne soit en vain et que je n'aie plus à m'adresser qu'à ses mânes[]! Cette affaire de Rome ne serait pas encore en suspens, s'il avait vécu.Un grand mot d'un grand homme est celuici: «Je crains plus une armée de cent moutons commandée par un lion, qu'une armée de cent lions commandée par un mouton.Faites et surtout ne faites pas l'application de cela.Hier, j'ai parlé de SainteAulaire ou de Rigny, disant que, pour le dehors, il n'y avait que ces deux nomslà qui puissent convenir. J'ai fait, comme je le pense, l'éloge de SainteAulaire.Cela produiratil quelque chose? Je n'en sais rien, et je suis plutôt porté à croire que ce que j'ai dit serait inutile: j'ai parlé, dans cette lettre que vous avez remise, de Durant comme le seul qui me convenait et qui conviendrait à la Hollande, à la Belgique et à l'Angleterre: j'ai insisté fortement sur cela.Ce que j'ai écrit hier doit être ignoré par vous: mais vous voilà prévenue si l'on vous en parle.Je suis fortement occupé de ces ratifications russes qui (ne le dites pas) sont fort mauvaises; mais je crois que nous les arrangerons.Je n'en parle pas à Paris, parce que l'on me donnerait des instructions, et que je veux agir sans en avoir: voilà encore qui est pour vous seule.Si l'on me répond, ce sera par vous.Figurezvous que l'on m'écrit ici que l'affaire de Rome est arrangée, et qu'on a accepté et à Rome et à Paris une convention simultanée de l'Autriche et de la France. J'ai été chargé de le dire au ministre anglais.Tout cela dégoûte beaucoup.Adieu, chère amie de moi; soignezvous, ne vous impatientez pas comme je le fais, et aimezmoi.»

Ce n'est là qu'un échantillon. La correspondance toute politique de M. de Talleyrand avec Mme de Dino existe et pourra, un jour, éclairer assez agréablement le dessous des cartes[].

Le témoignage des Anglais d'alors bien informés ne saurait être indifférent à recueillir sur M. de Talleyrand. Sir Henry Bulwer est un peu doux et poli dans ses appréciations, comme il sied à un Anglais qui a tant vécu dans la haute société française; mais voici un de ses compatriotes qui est plus haut en couleur et plus mordant: ce jugement parut dans le MorningPost, à l'époque de la mort de Talleyrand; je crois qu'il ne déplaira pas à cause de quelques traits caractéristiques qu'on chercherait vainement ailleurs:

«Lorsque Talleyrand, nous dit l'informateur anonyme, était ici engagé dans les protocoles, lui qui dormait peu, il avait coutume de mettre sur les dents ses plus jeunes collègues, et nous avons trop bien éprouvé qu'au temps de la quadruple alliance et en plus d'une autre occasion, ses yeux étaient ouverts tandis que lord Palmerston sommeillait. Lorsque la tempête des trois Glorieuses éclata sur Paris, trop heureux de quitter la France, Talleyrand s'en vint en Angleterre. On ne peut s'empêcher de rire en pensant à la manière dont il y fit son apparition. Il donnait ses audiences à ses compatriotes dans son salon d'HanoverSquare avec un chapeau rond sur la tête, audevant duquel figurait une cocarde tricolore de six pouces carrés, tandis que se prélassaient, étendus tout au long sur les sofas, trois jeunes sansculottes de Juillet, qu'il avait amenés avec lui pour se donner un air de républicanisme. (On sent que tout ceci est un peu chargé, mais il en reste bien quelque chose.) LouisPhilippe une fois bien établi sur son trône, la cocarde tricolore fut arrachée du chapeau rond et jetée au feu, et les jeunes échantillons de républicains furent renvoyés à Paris. Talleyrand, libre de toute crainte, donna cours à son despotisme naturel. Il avait ici tout le monde à ses pieds; toute la noblesse d'Angleterre recherchait sa société avec ardeur; les diplomates de tous pays pliaient devant lui; lord Palmerston seul résistait à Talleyrand, nonseulement sur les grandes choses, mais sur les plus petites et sur des bagatelles. Il faisait tout pour le dégoûter...»

Il y réussit. M. de Talleyrand, à la première occasion, revint en France sous prétexte de congé, et, de son château de Valençay, il envoya sa démission à LouisPhilippe (novembre).

L'âge aussi le lui conseillait: il était arrivé aux limites de la vieillesse; sa quatrevingtième année était sonnée: il ne songea plus qu'à finir de tout point convenablement. La vertu était son côté faible, et il dut penser à le fortifier. M. RoyerCollard était depuis longtemps un homme, un nom dont on aimait à se couvrir quand on avait un côté faible. Cousin, dans un temps, quand on attaquait sa religion, aimait à se replier sur M. RoyerCollard, qu'il proclamait bien haut son maître. Dans un genre tout différent M. de Talleyrand dut aussi songer d'assez bonne heure à M. RoyerCollard et à le rechercher comme l'homme de bien le plus considéré dans la politique. Il le cultiva surtout dans les dernières années. Passer tout l'été si près de M. RoyerCollard (Valençay est à quatre ou cinq lieues de ChâteauVieux) et ne pas être dans des relations particulières avec lui, c'eût été une mauvaise marque. Il fit des avances. Mme de Dino, avec son attrait de haute distinction et sa coquetterie d'esprit, l'y secondait puissamment. M. RoyerCollard capitula, mais il fit ses conditions. Sous prétexte de trop de bourgeoisie et de simplicité, il fut dit que sa femme et ses filles n'iraient point à Valençay. A ce prix M. RoyerCollard fut bonhomme et indulgent. Le grand bourgeois se montra bon prince envers le grand seigneur. Quand on songe qu'en ses heures d'austérité il avait dit ce mot: «Il y a deux êtres dans ce monde que je n'ai jamais pu voir sans un soulèvement intérieur: c'est un régicide et un prêtre marié,» on conviendra qu'il eut à y mettre du sien. On raconte que, la première fois que M. de Talleyrand fit sa visite à ChâteauVieux à travers un pays fort accidenté, moitié rochers, moitié ravins, et de l'accès le plus raboteux, son premier mot à M. RoyerCollard en entrant dans le salon fut: «Monsieur, vous avez des abords bien sévères...» On ne dit pas la suite; mais, interpellé de la sorte, l'homme à l'esprit de riposte ne dut pas être en reste.

Dans les commencements de leur liaison et quelques années auparavant, M. de Talleyrand avait eu l'idée de donner à Paris un grand dîner de personnages considérables, et représentant chacun quelque chose: Cuvier, la science; Gérard, la peinture... RoyerCollard devait y représenter l'éloquence politique. Il n'y alla point, mais il disait en plaisantant de l'idée: «Me voilà donc élevé à la dignité d'échantillon!»

Talleyrand et RoyerCollard affectaient tous deux, dans la manière de s'exprimer, la brièveté concise et la formule: tous deux étaient volontiers sentencieux; ils avaient le mot qui grave. Mais chez Talleyrand cette formule s'appliquait plus volontiers aux choses, aux situations, et chez RoyerCollard aux personnes. Réunis, ils devaient faire assaut, chacun dans son genre. C'étaient, pour peu qu'on y songe, deux profils des plus originaux et chez qui tout semblait en relief et en opposition: M. RoyerCollard, droit de taille, le front couvert d'une perruque brunâtre, le sourcil proéminent et remuant, le nez fort et marqué, le visage rugueux, la voix mordante, par moment stridente et se riant volontiers à ellemême quand il avait dit quelque mot; en tout un esprit altier et des plus fins sous une écorce restée en partie rustique; mais il ne faudrait pas faire non plus M. de Talleyrand plus délicat qu'il n'était et plus débile à cause de son infirmité. C'était une organisation puissante: il avait la voix mâle, profonde, partant d'un bon creux, bien que, par principe et bon goût, il s'interdît l'éclat du rire. Avec sa longue canne qui ressemblait à une béquille et avec laquelle il frappait de temps en temps sur l'appareil de fer dont sa mauvaise jambe était munie, il s'annonçait impérieusement. Des yeux gris sous des sourcils touffus[], une face morte plaquée de taches, un petit visage qui diminuait encore sous son immense chevelure, le menton noyé dans une large cravate molle remontante, qui rappelait celle des incroyables et le négligé du Directoire, le nez en pointe insolemment retroussé, une lèvre inférieure avançant et débordant sur la supérieure, avec je ne sais quelle expression méprisante indéfinissable, fixée aux deux coins de la bouche et découlant de la commissure des lèvres[]; un silence fréquent d'où sortaient d'un ton guttural quelques paroles d'oracle; il y avait là de quoi faire, en causant, un visàvis de première force à RoyerCollard, bien que celuici eût plus de séve et de verdeur. Il disait de son voisin de Valençay vers la fin: «M. de Talleyrand n'invente plus, il se raconte.»

M. de Talleyrand avait quatrevingtquatre ans passés: il sentait que sa fin était proche. Il voulut, comme on dit, mettre ordre à ses affaires; avec l'art et le calme qui le distinguaient, il disposa le dernier acte de sa vie en deux scènes qu'on ne trouvera pas mauvais que je présente comme il convient et que je développe. On n'étrangle pas de si bons sujets. A tout seigneur tout honneur!

V

Les lettres qu'écrivait M. de Talleyrand[] n'étaient pas toujours aussi courtes, aussi concises que celles que j'ai citées. Si sobre qu'il fût d'écritures comme de paroles, il y avait de rares moments où il savait s'expliquer autant qu'il le fallait, et où il avait presque l'air de s'épancher. La lettre la plus remarquable en ce sens, de toutes celles que j'ai lues, est une réponse à son ancien ami, son collaborateur et un peu son complice dans ses traités et marchés avec les princes allemands, le baron de Gagern. Ce diplomate, dont on a les Mémoires, a consacré tout un intéressant chapitre à ses relations avec Talleyrand[]; il y a inséré les réponses qu'il reçut de lui dans les dernières années, lorsque de temps en temps il jugeait à propos de se rappeler à son souvenir. Il l'avait fait d'une manière plus affectueuse encore et plus vive à l'époque où M. de Talleyrand avait donné sa démission d'ambassadeur à Londres, et s'était tout à fait retiré de la vie politique. M. de Talleyrand lui répondit aussi cette fois avec plus d'étendue que d'ordinaire, et comme à un ancien ami éloigné, qu'on ne reverra plus et auquel on tient à donner une dernière marque d'attention et de confiance. Voici une partie de cette lettre, qui peut être considérée tout à fait comme testamentaire et comme faite pour être montrée de l'autre côté du Rhin:

« avril .

»... Votre ancienne amitié vous fait désirer de savoir quelque chose de ma santé: je vous dirai qu'elle est aussi bonne que le comporte le nombre de mes années, que je vis dans une retraite charmante, que j'y vis avec ce que j'ai de plus cher au monde, et que mon unique occupation est d'y goûter dans toute sa plénitude, les douceurs du far niente:

Lorsque de tout on a tâté,
Tout fait ou du moins tout tenté,
Il est bien doux de ne rien faire...

»Vous ne connaissez pas Rochecotte, sans quoi vous ne diriez pas: «Pourquoi Rochecotte?» Figurezvous qu'en ce moment j'ai sous les yeux un véritable jardin de deux lieues de large et de quatre de long, arrosé par une grande rivière et entouré de coteaux boisés, où, grâce aux abris du nord, le printemps se montre trois semaines plus tôt qu'à Paris, et où maintenant tout est verdure et fleurs. Il y a, d'ailleurs, une chose qui me fait préférer Rochecotte à tout autre lieu, c'est que j'y suis non pas seulement avec Mme de Dino, mais chez elle, ce qui est pour moi une douceur de plus.

»Ne croyez pas que, si j'ai quitté les affaires, ce soit par caprice. Je n'ai quitté les affaires que lorsqu'il n'y en avait plus. J'avais voulu prévenir la guerre, je croyais que la France liée à l'Angleterre la rendait impossible; j'avais voulu, de plus, obtenir pour la révolution française du mois de juillet le droit de bourgeoisie en Europe, et tranquilliser le monde sur l'esprit de propagandisme que l'on supposait à notre gouvernement. Tout cela était accompli: que me restaitil à faire, sinon de ne point attendre qu'avec le solve senescentem d'Horace, quelqu'un vînt me dire que j'avais trop tardé? La difficulté est d'en sortir heureusement et à propos. Vous devez donc me féliciter d'y avoir réussi, et non pas m'en faire une sorte de reproche, quelque obligeance qu'il y ait dans les reproches que vous savez faire.

»J'ai souvent remercié la fortune de m'avoir donné un contemporain tel que vous, qui m'avez mieux compris que personne, et qui avez bien voulu en aider d'autres à me mieux comprendre[]; mais je la remercierais davantage encore, si elle eût rendu nos habitations plus voisines: vous verriez qu'aujourd'hui, comme au temps que vous rappelez, tout serait de ma part abandon et confiance.Pauvre Dalberg! combien je l'aimais, et combien je l'ai regretté! Nous parlerions de lui et de tant de personnes que nous avons connues, et de tant d'événements auxquels nous avons été mêlés. L'âge où je suis arrivé est celui où l'on vit principalement dans ses souvenirs. Nous parlerions aussi des jugements auxquels je dois m'attendre de la part des générations qui suivront la nôtre. J'avoue que je ne redoute pas ceux de vos compatriotes, pourvu qu'ils n'oublient point qu'il n'existe en Allemagne aucun individu à qui j'aie volontairement nui, et qu'il s'y trouve plus d'une tête couronnée à qui je n'ai pas laissé d'être utile, du moins autant que je l'ai pu. Enfin nos conversations rouleraient sur vous, sur votre famille, le nombre de vos enfants, leur établissement, toutes choses auxquelles je prends un intérêt sincère, et dont je suis réduit à ne vous parler que de trèsloin, puisque vous habitez sur les bords du Mein, et moi sur les bords de la Loire, et que, de plus, je suis né en .

»Mme de Dino, qui, pendant les quatre ans qu'elle a passés en Angleterre, a complété la croissance dont son esprit supérieur était susceptible, et qui la place au premier rang des personnes les plus distinguées, n'oublie que ce qui ne vaut pas la peine qu'on s'en souvienne: elle est flattée que son souvenir corresponde à celui qu'elle a toujours gardé de vous, et elle me charge de vous le dire.

»Pour moi, mon cher baron, j'ai pour vous les mêmes sentiments que vous m'avez toujours connus, et je suis pour la vie tout à vous.

P. DE TALLEYRAND[].»

Le baron de Gagern, après avoir inséré cette lettre plus développée que d'habitude et définitive, ajoute:

«Je compris qu'une pareille correspondance pouvait avoir pour lui des côtés fatigants, et je ne lui écrivis plus.»

Cependant, il restait à régler d'autres comptes, et dont M. de Talleyrand devait se préoccuper davantage. Il avait ses quatrevingtquatre ans sonnés; il voulut honorer publiquement sa fin et, avant le tomber du rideau, ménager à la pièce une dernière scène. Un de ses anciens collaborateurs diplomatiques et qui avait servi sous lui, un Allemand de plus de mérite que de montre, Reinhard, vint à mourir. Il était membre de l'Académie des sciences morales et politiques: M. de Talleyrand se dit que c'était pour lui l'occasion toute naturelle d'un dernier acte public, et, sous couleur de payer une dette d'amitié, il se disposa à faire ses adieux au monde. On apprit donc un matin, non sans quelque surprise, qu'empruntant pour cette fois son rôle au brillant secrétaire perpétuel, M. Mignet, il désirait prononcer en personne l'Éloge du comte Reinhard. De là cette séance académique qui fut son dernier succès et qui couronna sa carrière.

Remarquez que le sujet était luimême choisi avec tact et avec goût: rien d'éclatant, rien qui promît trop; l'orateur pouvait être aisément supérieur à son sujet. Et puis n'oublions pas que c'est à l'Académie des sciences morales et politiques que M. de Talleyrand, à son retour en Europe et rentrant en scène, avait voulu débuter en l'an V par des mémoires fort appréciés: c'est par cette même Académie que, quarante ans après, il voulait finir. Il y avait de la modestie dans ce cadre, et aussi de l'habileté. Il savait que, si la politique est ingrate, les lettres de leur nature sont reconnaissantes.

C'est le samedi mars que, nonobstant un état de santé des plus précaires, et sans tenir compte des observations de son médecin, il vint lire cet Éloge de Reinhard dans une séance dite ordinaire, mais qui fut extraordinaire en effet. Des étrangers sont admis aux séances de cette Académie, et, cette fois, il y avait autant de monde que la salle en pouvait tenir; pas de femmes, mais des personnages d'élite, principalement politiques; M. Pasquier, le duc de Noailles et autres y assistaient. On remarqua fort un incident: M. de Talleyrand et le duc de Bassano, qui ne s'étaient pas vus depuis et qui ne s'aimaient guère[], se rencontrèrent dans l'escalier: ils se donnèrent la main. Le bureau de l'Académie se composait de MM. Droz, président, Dupin, viceprésident, et Mignet, secrétaire perpétuel. Quand l'huissier annonça «le prince» (car il était prince, même à l'Académie), ce fut une grande attente. M. Mignet alla à sa rencontre dans la pièce qui précédait celle des séances. M. de Talleyrand n'avait pu monter à pied l'escalier: il avait été porté par deux domestiques en livrée. Quand il fit son entrée dans la salle, appuyé sur le bras de M. Mignet et sur sa béquille, tous les assistants étaient debout. Après la lecture du procèsverbal, le président M. Droz demanda au prince s'il n'était pas fatigué, et s'il ne voulait pas prendre le temps de se reposer avant de commencer sa lecture. M. de Talleyrand, d'une voix grave (car il l'avait trèsforte et à remplir la salle), répondit qu'il aimait mieux commencer aussitôt. Il lut alors un discours composé avec goût, simple et court, d'un juste àpropos. Aucun mot n'en était perdu. Le lecteur fut fréquemment interrompu par les applaudissements: ils éclatèrent surtout au portrait que M. de Talleyrand traça d'un parfait ministre des affaires étrangères:

«La réunion, disaitil, des qualités qui lui sont nécessaires est rare. Il faut, en effet, qu'un ministre des affaires étrangères soit doué d'une sorte d'instinct qui, l'avertissant promptement, l'empêche, avant toute discussion, de jamais se compromettre. Il lui faut la faculté de se montrer ouvert en restant impénétrable; d'être réservé avec les formes de l'abandon, d'être habile jusque dans le choix de ses distractions; il faut que sa conversation soit simple, variée, inattendue, toujours naturelle et parfois naïve; en un mot, il ne doit pas cesser un moment, dans les vingtquatre heures, d'être ministre des affaires étrangères.

»Cependant, toutes ces qualités, quelque rares qu'elles soient, pourraient n'être pas suffisantes, si la bonne foi ne leur donnait une garantie dont elles ont presque toujours besoin. Je dois le rappeler ici pour détruire un préjugé assez généralement répandu: non, la diplomatie n'est point une science de ruse et de duplicité. Si la bonne foi est nécessaire quelque part, c'est surtout dans les transactions politiques, car c'est elle qui les rend solides et durables. On a voulu confondre la réserve avec la ruse. La bonne foi n'autorise jamais la ruse, mais elle admet la réserve; et la réserve a cela de particulier, c'est qu'elle ajoute à la confiance.

»Dominé par l'honneur et l'intérêt du prince, par l'amour de la liberté fondée sur l'ordre et sur les droits de tous, un ministre des affaires étrangères, quand il sait l'être, se trouve ainsi placé dans la plus belle situation à laquelle un esprit élevé puisse prétendre...»

L'idéal est magnifique, et, à la façon dont il en parlait, on était tenté de croire qu'il l'avait autrefois rempli de tout point dans la pratique. Ce qu'il y avait d'admirable surtout, c'était cette recommandation si formelle de la bonne foi dans la bouche de celui qui passait pour avoir dit: «La parole a été donnée à l'homme pour déguiser sa pensée.» On remarqua qu'il accentua trèsfort ce mot de bonne foi.

Je ne voudrais point paraître faire une mauvaise plaisanterie, mais cet éloge du comte Reinhard m'a tout naturellement rappelé le célèbre roman de Renart, cette épopée satirique du moyen âge,cette Bible profane du moyen âge, comme Goethe l'a baptisée,dans laquelle l'hypocrite et malin Renart joue tant de tours au lion et à tous les animaux, se déguise sous toutes les formes, en clerc, en prêcheur, en confesseur, et, après avoir mis dedans tout son monde, finit par être proclamé roi et couronné. Cette séance de la plus morale et la plus honnête des Académies, consacrant de son approbation, de son suffrage unanime, le moins scrupuleux des hommes d'État, à la considérer sous un certain jour, ne me paraît autre qu'une scène du roman de Renart au dixneuvième siècle. Veuillez, en effet, vous souvenir, récapitulez en idée la vie passée de Talleyrand, depuis son début sous Calonne, ou, si vous aimez mieux, depuis sa messe à la Fédération, ou encore depuis certain traité fructueux entamé avec le Portugal sous le

Directoire, premier point de départ de sa nouvelle et soudaine opulence, et voyez où tout cela aboutit, à quels honneurs, à quels profonds témoignages de respect et de la part des hommes les plus purs et les plus autorisés, les maîtresjurés en matière de moralité sociale. Il fallait voir comme avec lui, en cette séance d'adieux attendrissante, la vertueuse solennité de M. Droz était aux petits soins; comme la dignité et la candeur de M. Mignet prenaient garde de peur que le prince ne fît un faux pas. Ah! ce jourlà, l'on vit bien ce qu'est la puissance de l'esprit dans la société française, surtout quand il est relevé par la naissance, et, fautil le dire? quand il est orné de tous les vices.

Lorsque la lecture fut terminée (et ce fut là toute la séance, une petite demiheure en tout), l'enthousiasme n'eut pas de bornes; le prince eut à passer, au retour, entre une double haie de fronts qui s'inclinaient avec un redoublement de révérence; chacun en sortant exprimait son admiration à sa manière, et Cousin, selon sa coutume, plus haut que personne; il s'écriait en gesticulant: «C'est du Voltaire!C'est du meilleur Voltaire.»

Non, ce n'était pas tout à fait du Voltaire: cet Éloge de Reinhard, c'était bien pour Talleyrand jusqu'à un certain point sa représentation d'Irène, mais une représentation concertée et arrangée. Non, ce n'était pas du Voltaire, parce que Voltaire était sincère, passionné, possédé jusqu'à son dernier soupir du désir de changer, d'améliorer, de perfectionner les choses autour de lui; parce qu'il avait le prosélytisme du bon sens; parce que, jusqu'à sa dernière heure, et tant que son intelligence fut présente, il repoussait avec horreur ce qui lui semblait faux et mensonger; parce que, dans sa noble fièvre perpétuelle, il était de ceux qui ont droit de dire d'euxmêmes: Est deus in nobis; parce que, tant qu'un souffle de vie l'anima, il eut en lui ce que j'appelle le bon démon, l'indignation et l'ardeur. Apôtre de la raison jusqu'au bout, on peut dire que Voltaire est mort en combattant. La fin de sa vie n'a pas ressemblé à une partie de whist où l'on gagne en calculant[].

Mais la leçon, s'il en est une à ces comédies du monde où ne manquent jamais ni les Aristes ni les Philintes, quelle étaitelle donc? Chateaubriand, une heure après, entendant le récit de cette scène, n'auraitil pas eu le droit de dire: «C'est à dégoûter de l'honneur;» et un misanthrope: «C'est à dégoûter de la vertu?»

Absous, quoi qu'il en soit, amnistié et applaudi des savants et des sages, restait pour M. de Talleyrand un autre point délicat à régler, l'article de la mort. Elle était moins simple pour lui que pour un autre, à cause de son caractère d'ancien prêtre, d'évêque marié. On y pensait fort et l'on en était fort préoccupé autour de lui: il s'en préoccupait luimême depuis quelques années. Ce n'est pas que ses sentiments sur le fond des choses eussent le moins du monde changé. Il disait un jour à son médecin: «Je n'ai qu'une peur, c'est celle des inconvenances; je ne crains pour moimême qu'un scandale pareil à celui qui est arrivé à la mort du duc de Liancourt.» On remarquait que son front, si impassible, se rembrunissait toutes les fois qu'il était question dans les journaux d'un refus de sépulture pour un prêtre non réconcilié. Lorsque mourut la princesse, sa femme, qui depuis n'habitait plus avec lui, il prit soin que l'inscription funéraire n'indiquât que le plus légèrement possible le lien qui les avait unis, un lien purement civil. Il lui échappa de dire en plus d'une occasion: «Je sens que je devrais me mettre mieux avec l'Église.» On remarquait encore qu'il revenait plus volontiers sur ses années de séminaire; il ne craignait pas de les rappeler. Dans ce dernier discours prononcé à l'Académie, il avait comme pris plaisir à y faire allusion et à célébrer l'alliance étroite de la diplomatie et de la théologie, sous prétexte que le protestant Reinhard avait luimême passé par le séminaire.

Il y avait déjà quelque temps, mais à une époque qui n'était pas trèséloignée, la duchesse de Dino, étant tombée malade à la campagne, avait demandé à recevoir les sacrements. Étaitce une leçon indirecte, un avertissement qu'elle voulait lui donner? Ce qu'il y a de certain, c'est que, la croyant plus mal, M. de Talleyrand était accouru, et il avait paru étonné de la trouver passablement. «Que voulezvous, ditelle, c'est d'un bon effet pour les gens.»M. de Talleyrand, après un moment de réflexion, reprit: «Il est vrai qu'il n'y a pas de sentiment moins aristocratique que l'incrédulité[].»

La duchesse avait donné à sa fille, pour lui enseigner la religion, un jeune abbé, homme d'esprit et dont la réputation commençait à s'étendre. M. de Talleyrand l'ayant un jour invité à dîner, l'abbé s'excusa en disant qu'il n'était pas homme du monde. Sur quoi M. de Talleyrand dit sèchement à Mme de Dino: «Cet homme ne sait pas son métier[].» On comprit alors, on devina ce qu'il désirait. Il vit l'abbé et s'entretint avec lui. Il y eut consultation sans doute sur les démarches à faire pour se réconcilier avec l'Église. On exigeait de lui un écrit; les premiers essais de sa façon qu'on envoya à Rome ne furent pas agréés: il fallait une simple soumission. M. de Talleyrand, pressé de nouveau par ses nièces, en vint à dire qu'il ne savait comment rédiger la chose; que l'on essayât d'une formule, et qu'il verrait:ce qu'on s'empressa de faire. Le brouillon revu par lui fut trouvé bon à Rome; mais, quand il en revint, M. de Talleyrand le garda dans son secrétaire, décidé à ne le signer qu'au dernier moment.

Depuis la fameuse séance académique, deux mois et demi s'étaient à peine écoulés. Un anthrax à la région lombaire et l'opération qui s'ensuivit déterminèrent la crise finale. Dès le mardi mai (), M. de Talleyrand était dans un état désespéré. A cette nouvelle, la famille, tous les amis, tous les curieux du monde accoururent à l'hôtel de la rue SaintFlorentin, et ils remplissaient le salon voisin de la chambre du malade. C'était un spectacle des plus singuliers, et, quand je dis spectacle, je dis le vrai mot, car, à l'instar des rois de France, M. de Talleyrand mourut, on peut le dire, en public. Pendant toute la journée du mercredi, l'effort de ses proches fut pour hâter sa détermination et l'exhorter à ses derniers devoirs. Il avait sa pensée, mais il attendait toujours. Il est évident qu'il ne voulait pas s'exposer, dans le cas où il eût survécu, ne fûtce que de peu, à entendre les commentaires du public et à assister à son propre jugement. Il se conduisait ici comme il avait coutume de faire avec les puissances qu'il quittait: il ne les abandonnait qu'au dernier moment, et quand il estimait qu'il n'y avait plus chance de retour. Aux appels fréquents qu'on lui faisait, il répondait: «Pas encore!» Cependant, le temps pressait, et l'on craignait qu'il n'attendît trop et qu'il ne fût prévenu par la perte de connaissance. La famille et les amis étaient dans une anxiété extrême. M. RoyerCollard, l'un des assistants, m'a raconté à moimême comment les choses se passèrent. Lorsqu'on crut qu'il n'y avait plus à différer, la petitenièce du mourant, celle dont il parlait avec tant de prédilection dans une de ses lettres, et qui était «l'idole de sa vieillesse», s'approcha de l'abbé Dupanloup présent, lui demanda sa bénédiction, et, forte de ce secours, prenant (comme on dit) son courage à deux mains, elle entra dans la chambre du malade. Elle en sortit, ayant obtenu ce qu'elle seule avait pu lui arracher. M. de Talleyrand avait enfin fixé son heure pour accomplir les actes religieux et signer sa rétractation. C'était le matin du jour même où il mourut (jeudi mai). Mme de Dino présidait à tout. La déclaration, au moment de signer, fut lue à haute voix devant lui, et, quand on lui demanda quelle date il désirait y attacher, il répondit: «La date de mon discours à l'Académie.»Ces deux démarches préméditées, celle de ses adieux au public et celle de son raccommodement avec l'Église, étaient liées dans son esprit.

Sir Henry Bulwer a raconté, d'après un témoin oculaire, la visite que lui firent le roi LouisPhilippe et Madame Adélaïde, dans cette même matinée du jour de sa mort. M. de Talleyrand, qu'on avait dû réveiller exprès d'un sommeil léthargique, était assis au bord du lit, car l'incision faite à ses reins et qui descendait jusqu'à la hanche ne lui permettait pas d'être couché, et il passa les dernières quarantehuit heures dans cette posture, penché en avant, appuyé sur deux valets qui se relayaient toutes les deux heures. Il reçut la visite royale en homme que la représentation n'abandonne pas un instant. S'étant aperçu qu'il y avait là trois ou quatre personnes qui n'avaient point été présentées, deux médecins, son secrétaire et son principal valet de chambre, il les nomma selon l'étiquette usitée en pareil cas avec les personnes royales. Le grand chambellan en lui survivait jusqu'à la fin. Tout cela se passait dans la matinée.

Les personnes de la famille étaient seules admises dans la chambre, mais le salon voisin ne désemplissait pas:

«Il y avait là l'élite de la société de Paris. D'un côté, des hommes politiques vieux et jeunes, des hommes d'État aux cheveux gris, se pressaient autour du foyer et causaient avec animation; de l'autre, on remarquait un groupe de jeunes gens et de jeunes dames, dont les œillades et les gracieux murmures échangés à voix basse formaient un triste contraste avec les gémissements suprêmes du mourant.»

La bibliothèque, dont la porte donnait dans la chambre mortuaire, était remplie également des gens de la maison et de domestiques aux aguets: de temps en temps, la portière s'entr'ouvrait, une tête s'avançait à la découverte, et l'on aurait pu entendre chuchoter ces mots: «Voyons, atil signé? estil mort?» L'agonie commença à midi, et il était mort à quatre heures moins un quart. A peine eutil fermé les yeux (et j'emprunte à cet endroit le récit du témoin cité par sir Henry Bulwer) que la scène changea brusquement:

«On aurait pu croire qu'une volée de corneilles venait subitement de prendre son essor, si grande fut la précipitation avec laquelle chacun quitta l'hôtel, dans l'espoir d'être le premier à répandre la nouvelle au sein de la coterie ou du cercle particulier dont il ou elle était l'oracle. Avant la tombée de la nuit, cette chambre, plus qu'encombrée pendant toute la journée, avait été abandonnée aux serviteurs de la tombe, et, lorsque j'y entrai le soir, je trouvai ce même fauteuil, d'où le prince avait si souvent lancé en ma présence une plaisanterie courtoise ou une piquante épigramme, occupé par un prêtre loué pour la circonstance et marmottant des prières pour le repos de l'âme qui venait de s'envoler.»

Les propos de chacun en sortant étaient curieux à noter. Les légitimistes disaient: «Il est mort en bon gentilhomme.» Une dame de la vieille cour eut le meilleur mot: «Enfin il est mort en homme qui sait vivre.» Un plus osé, M. de Blancm....., disait: «Après avoir roué tout le monde, il a voulu finir par rouer le bon Dieu[].» Ce qui est hors de doute, c'est qu'en mourant il avait, ne fûtce que par complaisance, désavoué la Révolution.

On remarqua que M. Thiers ne vint que deux heures après la mort. Il prit la main refroidie de celui qui, vivant, lui avait témoigné tant d'attentions et de bienveillance, et qui avait dit un jour de lui et de sa fortune rapide, en réponse à quelqu'un qui prononçait le mot de parvenu: «Vous avez tort, il n'est point parvenu; il est arrivé.»

Les funérailles furent célébrées en grande pompe le mai, à l'église de l'Assomption. La devise du mort qui ornait le catafalque: Re que Diou, qu'on traduisait par: Rien que Dieu, mais qui, selon l'interprétation de la famille, veut dire: Pas d'autre roi que Dieu, semblait une dernière et sanglante ironie aux yeux de la foule. Mais le monde fut satisfait; la société (ainsi qu'elle aime à se désigner ellemême) était redevenue trèsindulgente; elle avait obtenu ce qu'elle désirait avant tout: M. de Talleyrand, avant de mourir, avait fait sa paix; il avait répondu à l'idée qu'on s'était toujours faite de lui, c'estàdire de l'homme qui savait le mieux les convenances, la forme des choses, ce qu'on doit au monde et ce que le monde peut exiger.

Cette manière de finir contraste avec celle de son contemporain et ancien collègue l'abbé Sieyès, mort sans rétractation deux années auparavant. Il est vrai que Sieyès s'était éteint dans une sorte d'obscurité, qu'il était avant tout philosophe, et, par l'esprit du moins, demeuré fidèle à ce grand tiers du sein duquel il était sorti et dont il avait été l'annonciateur. M. de Talleyrand avait eu beau se mêler à la Révolution, il était resté, lui, un homme de race, gardant au fond beaucoup des idées ou des instincts aristocratiques. Le baron de Gagern raconte qu'étant à Varsovie et passant des matinées entières auprès de lui, une des premières choses qu'il exigea fut que son interlocuteur ne l'appelât plus Votre Altesse, mais simplement M. de Talleyrand, et sur ce mot d'Altesse, il lui arriva de dire: «Je suis moins, et peutêtre je suis plus;» se reportant ainsi à l'orgueil premier de sa race. Créé prince de Bénévent, il négligea toujours de remplir les formalités attachées à ce titre; il croyait apparemment pouvoir s'en passer. Ces traceslà sont indélébiles, elles reparaissent à l'heure de la mort. On n'est pas grand seigneur impunément.

Cette conversion, ou du moins cette rétractation amenée à bonne fin fit le plus grand honneur à l'ecclésiastique qui y avait présidé, et fut le grand exploit catholique qui illustra la jeunesse de l'abbé Dupanloup. Il mérita par son attitude en cette circonstance que M. RoyerCollard présent, et qui d'ailleurs n'avait pour lui qu'un goût médiocre, lui dît pour compliment suprême: «Monsieur l'abbé, vous êtes un prêtre!»

M. RoyerCollard réservait pourtant le fond de sa pensée; il avait sur la mort de M. de Talleyrand un jugement qu'il gardait pardevers lui, mais il ne le gardait qu'à demi, puisque, parlant un jour de l'évêque de Blois, M. de Sausin, dont il respectait les vertus, il disait: «Le mot de vénérable a été fait pour lui; il est peutêtre le seul auquel je dirais tout ce que je pense de la mort de M. de Talleyrand.»

Je fais grâce des plaisanteries de Montrond, qui ne tarissait pas sur cette signature in extremis, et qui, de son ton d'ironie amère et sèche, ne parlait pas moins que d'un miracle opéré «entre deux saintes». Ce serait pourtant de bonne prise, car à chacun son acolyte et son aide de camp favori. Si le pieux Énée avait le fidèle Achate, si saint Louis a Joinville, si Bayard a le loyal serviteur, si Henri IV ne va pas sans Sully, si Fénelon a son abbé de Langeron, Talleyrand et Montrond sont inséparables: et qui pourraiton écouter de plus voisin de la conscience de Talleyrand et qui en eût aussi bien la double clef, que Montrond[]?

A la juger sérieusement et d'après le simple bon sens, cette conversion (si cela peut s'appeler une conversion) n'offrait pas de si grandes difficultés. Tout y conspirait en effet: la famille, les entours, le monde; et le malade luimême y était consentant. C'était chose convenue qu'il voulait bien faire sa paix avec l'Église et avec Rome. La résistance n'était que sur l'instant précis. Il désirait retarder le plus possible, afin d'être bien sûr que cet instant fût le dernier de sa vie. L'honneur de le hâter fut dû aux pressantes supplications de sa petitenièce, pour laquelle il avait un faible de tendresse et qui obtint ce qu'elle voulut. Ah! la difficulté eût été tout autre, s'il s'était agi non plus d'une soumission, d'une rétractation pour la forme, mais d'une conversion véritable. J'ai connu, lorsque j'étudiais dans PortRoyal les actes sincères du vieux christianisme français et gallican, des confesseurs et directeurs de conscience qui, au chevet d'anciens ministres prévaricateurs et repentants, exigeaient une réelle et effective pénitence de bon aloi, la restitution des sommes mal acquises, une réparation en beaux deniers comptants à ceux à qui l'on avait fait tort. Ces hommeslà étaient ce qu'on appelle des jansénistes, des prêtres de vieille roche: on les renie, on les conspue aujourd'hui. Ah! il eût fait beau voir un prêtre venir redemander à Talleyrand expirant de rendre tout le bien mal acquis (comme on disait autrefois), de le restituer au moins aux pauvres, de faire un acte immense d'aumôneune aumône proportionnée, sinon égale, au chiffre énorme de sa rapine! C'est pour le coup que tout le monde n'eût point applaudi et n'eût pas été content, que la famille n'y eût point poussé avec un si beau zèle peutêtre, que le confesseur aurait eu un rôle difficile et rare. Mais ici, encore une fois, le siècle et le ciel conspiraient ensemble: on ne fit qu'enfoncer une porte tout ouverte; la seule gloire fut de l'avoir enfoncée quelques heures plus tôt.

Les Éloges officiels donnèrent partout de concert: M. de Barante à la Chambre des Pairs, M. Mignet à l'Académie des sciences morales payèrent leur tribut. La Notice de M. Mignet est des plus belles en son genre, des plus spécieuses, mais dans un ton nécessairement adouci, et ne montrant que les côtés présentables. MM. Thiers et Mignet, en tant qu'historiens de la Révolution, avaient été distingués de bonne heure par M. de Talleyrand, qui, du coin de l'œil, les avisa entre tous et désira les connaître. Il les considérait comme des truchements et, jusqu'à un certain point, des apologistes de sa politique auprès des jeunes générations dont ils étaient les princes par le talent. Il les soignait en conséquence. Un peu plus tard, il eut sur M. Thiers, ministre, une influence assez particulière; mais, même avant cela, en accueillant les deux amis avec cette bonne grâce flatteuse et en les captivant par ses confidences, il savait ce qu'il faisait: il enchaînait à jamais par les liens d'une reconnaissance délicate leur entière franchise.

Dans tous ces Éloges, on insistait sur un point: c'est que, dans sa longue carrière, M. de Talleyrand «n'avait fait de mal à personne»; qu'il avait montré «un éloignement invariable pour les persécutions et les violences». On devinait làdessous une protestation indirecte contre toute participation de son fait dans le meurtre du duc d'Enghien, seule accusation en effet qu'eussent à cœur de réfuter la famille et les amis: on ne tient qu'à enlever cette tache de sang; sur tout le reste, on est coulant désormais. Mais ceci même échappe aux complaisances de situation comme aux démentis intéressés: l'histoire, interrogée sans passion et sans réticences, et de plus près qu'elle ne l'a encore été jusqu'ici, l'histoire seule répondra.

Tous n'étaient pas aussi indulgents que les spirituels panégyristes. M. de Talleyrand avait pu connaître avant de mourir et lire de ses yeux le terrible portrait que George Sand avait fait du Prince dans une des Lettres d'un voyageur, insérée dans la Revue des Deux Mondes (octobre). Il est assez piquant de remarquer que M. de Talleyrand a été peint deux fois, et pas en beau, par les deux femmes supérieures de ce siècle: Mme Sand a fait de lui un portrait affreux, d'un parfait idéal de laideur. Mme de Staël déjà l'avait peint sous un déguisement, en coiffe et en jupon, dans le personnage de Mme de Vernon du roman de Delphine. C'est un portrait de société, charmant et adouci, mais trèspeu flatteur au fond. Il serait curieux d'en rassembler les divers traits épars qui se rapportent sans aucun doute à la figure et au caractère du modèle. On aurait ainsi un Talleyrand de salon par une des personnes qui l'ont le mieux connu.

Il n'était pas, il ne pouvait pas être aussi insensible ni aussi égoïste qu'on l'a dit: les hommes ne sont pas des monstres. Lorsqu'il perdit sa vieille amie, la princesse de Vaudemont (janvier), il se montra fort affecté. Il est vrai que Montrond, qui en faisait la remarque, ajoutait: «C'est la première fois que je lui ai vu verser des larmes!»Une autre fois encore, pendant son ambassade à Londres, comme il avait été l'objet, à la Chambre des lords, d'une violente et inconvenante attaque du marquis de Londonderry, le duc de Wellington se leva aussitôt, et il défendit, il vengea en termes chaleureux son vieil ami, le vétéran des diplomates. Le lendemain, M. de Talleyrand, lisant ces débats, fut surpris par un visiteur les larmes dans les yeux, tant il était touché du procédé du duc de Wellington, et il lui échappa de dire: «J'en suis d'autant plus reconnaissant à M. le duc, que c'est le seul homme d'État dans le monde qui ait jamais dit du bien de moi.»

Il n'était pas non plus aussi paresseux qu'on aurait pu le croire et qu'il affectait par moments de le paraître. Quand M. de Chateaubriand semble vouloir douter de l'existence des Mémoires entiers de M. de Talleyrand, parce qu'il lui aurait fallu pour cela un travail continu dont il l'estime peu capable, il se trompe. Dans son séjour à la campagne et dans sa retraite de Valençay, M. de Talleyrand travaillait. J'ai sous les yeux des billets de lui à un ami, à un homme de la société, M. de Giambone[]: il y est plus d'une fois question de travail, du moins pendant la première partie de l'été.

« juin.

»J'ai reçu de M. Andral, mon cher Giambone, une lettre de vous dont je vous remercie. Vous me rapprenez Paris, que j'avais complétement oublié.

»Je lis à peine les journaux; je travaille et je me promène.

»Dans l'automne, je me promènerai, mais je ne travaillerai plus.

»Le mois de juin passé, je m'abandonne à toutes les pertes de temps que l'on veut...»

Et même après le mois de juin, dans une autre lettre du juillet:

«Notre vie ici (à Valençay) est fort ordonnée, ce qui rend les jours fort courts. On se trouve à la fin de la journée, sans avoir eu un moment de langueur.

»Ce matin, nos lectures du salon ont été interrompues par l'arrivée d'un loup, que les gardes venaient de tuer. C'est un gros événement pour la journée.

»Je travaille chaque jour plusieurs heures, et je me porte fort bien...»

Que seront ces Mémoires si attendus, si désirés? Auratil menti tout à fait? Non pas, il aura dit une partie de la vérité. Comme le meilleur des panégyristes et le plus habile, sans avoir l'air d'y toucher, il aura montré, de tout, le côté décent, présentable, acceptable; il aura fait là ce qu'il faisait quand il se racontait luimême, ne disant qu'une moitié des choses. S'il a su être agréable dans ses Mémoires, et si, en écrivant comme en causant, il réussit à plaire, il aura bien des chances de regagner en partie sa cause et de se relever, même devant la postérité. Le succès dépendra aussi du jugement et de l'opinion qui prévaudront alors sur le maître toutpuissant qu'il a servi et abandonné. Si les Mémoires tombent dans une veine et un courant de réaction peu napoléonienne, ils pourraient bien être portés aux nues. C'est aux exécuteurs testamentaires, aux éditeurs désignés, s'ils sont libres, de bien flairer le moment et d'imiter leur auteur en saisissant l'àpropos.

Une Étude sur M. de Talleyrand ne serait pas complète si l'on n'indiquait un peu la physiologie de l'homme, et si l'on ne disait quelque chose de son hygiène et de son régime. Tout était trèsparticulier chez lui et le séparait du commun de l'humanité. Il avait la faculté singulière de dormir trèspeu: il passait la nuit au jeu ou à causer, ne se couchait, le plus souvent, qu'à quatre heures du matin et se trouvait réveillé de fort bonne heure. Son pouls avait cette singularité d'être plein et d'avoir une intermittence à chaque sixième pulsation. Il avait même làdessus une théorie: il considérait ce manque de la sixième pulsation comme un temps d'arrêt, un repos de nature, et il paraissait croire que ces pulsations en moins et qui lui étaient dues devaient se retrouver en fin de compte et s'ajouter à la somme totale de celles de toute sa vie: ce qui lui promettait de la longévité. Il expliquait aussi par là son peu de besoin de sommeil, comme si la nature avait pris ce sommeil en détail et par avance à petites doses. Il ne mangeait qu'une seule fois le jour, à son dîner, mais il le faisait large et copieux autant que délicat[]. Son cuisinier est resté célèbre et entrait pour une grande part dans la base de son régime, dans la composition de sa vie.

Janvier,février,mars .

A l'occasion de ces articles sur Talleyrand, M. SainteBeuve reçut un grand nombre de lettres et documents de toute espèce, dont il se proposait de tirer parti pour écrire ici, en manière d'appendice ou de postscriptum, un article final et inédit, qui eût été un dernier mot sur Talleyrand. Ces communications sont restées à l'état de notes et de dossier: ce sont des matériaux dont l'éditeur ne se croit pas le droit de faire usage, à l'aide d'une rédaction qui trouverait place dans un volume même des Nouveaux Lundis. Le choix dans les citations à recueillir est un art trop délicat et trop difficile pour se le permettre dans un livre de M. SainteBeuve. On risquerait trop de les mal utiliser, ou de les placer à contresens. Je ne puis cependant élaguer entièrement toute la partie anecdotique qui y foisonne, et qui vient comme autant de pièces à l'appui de tout ce qu'on sait et de ce qu'on a dit de la vénalité, de l'esprit d'àpropos, de l'amabilité, de la grâce, de tous les talents et vices de M. de Talleyrand. Ainsi, pour en donner un exemple:

«Mais les preuves!s'écrie M. SainteBeuve, dans une de ces notes préparées et rédigées d'avance,les preuves, je les ai données, elles suffisent à tout homme de bonne foi. Si vous vous attendez à trouver des reçus signés Talleyrand, vous êtes trop simples; vous ne les aurez pas. Des reçus, en voulezvous?Ces affaires d'argent amenaient quelquefois des incidents comiques. M. de Lancy, que nous avons connu administrateur de la bibliothèque SainteGeneviève et qui avait autrefois rempli un poste assez important au ministère de l'intérieur, aimait à raconter des anecdotes qu'il savait d'original, notamment celleci: Un jour, un des hauts personnages qui avait dû financer avec M. de Talleyrand, et qui tenait à savoir pourtant si son argent n'était pas resté en chemin, et s'il était bien arrivé à son adresse, exigea un signe, une marque qui l'en assurât. En conséquence, il fut convenu qu'à la prochaine réception, M. de Talleyrand, passant près de lui, lui adresserait une parole en apparence insignifiante, par exemple: Comment va madame?... ou tout autre mot[]; ce qui fut fait et qui tint lieu de reçu.Pour un descendant de si haute race et un si fier aristocrate, n'estce pas deux fois honteux et humiliant?»

Une autre encore qui peut facilement se détacher et qui est caractéristique:

«Lord Palmerston disait que quand Talleyrand venait le voir pour affaire, il avait presque toujours dans sa voiture Montrond, afin de lui expédier vite ses indications utiles pour jouer et agioter.»

Et celleci, où Talleyrand voulut paraître désintéressé pour la galerie, mais ce dont LouisPhilippe, qui payait, ne fut pas dupe:

«M. de Talleyrand avait été brouillé, dans les derniers temps, avec le roi LouisPhilippe. Il touchait deux pensions: l'une de francs, l'autre de , je ne sais à quel titre particulier. Quand il se brouilla avec le roi, il remit l'une des deux pensions, mais ce fut celle de ,. Sur quoi LouisPhilippe, qui n'était homme à se retenir sur rien, ne pouvait s'empêcher de faire des gorges chaudes: «Savezvous, de ses deux pensions, laquelle M. de Talleyrand m'a renvoyée?celle de ,.»

Ces échantillons font regretter le reste, et il y en a bien d'autres encore qui ne sont qu'ébauchées. M. SainteBeuve affectionnait ce genre de traits anecdotiques, qui peint l'homme au vif: il en a recueilli toutes les fois qu'il en a trouvé l'occasion et sur des hommes en vue, au nom populaire, qui y avaient considérablement prêté. Mais, sous sa plume, la rédaction n'en est jamais définitive, pour si parfaite qu'elle soit: elle peut varier, selon l'appropriation qu'il leur donne: tout dépend en ce cas de l'emmanchement ou de l'embranchement, et celui qui a vu le critique à l'œuvre se gardera bien de toucher après lui, et sans lui, à un tel travail.

Je vais donc me borner à ne plus puiser encore dans ce dossier que quelques lettres qui peuvent, autant qu'il me semble, et sans trop d'indiscrétion aujourd'hui pour personne, supporter la lumière et le grand jour, et en apporter même encore un peu, par la vivacité avec laquelle elles ont été écrites, sur quelquesuns des points principaux autour desquels M. SainteBeuve a établi la discussion dans ses articles sur Talleyrand. Qu'on se rassure d'ailleurs! Je n'emprunterai guère qu'à la Correspondance de M. SainteBeuve luimême.

Dans ce choix un peu arbitraire que j'ai fait, il faut, je crois, citer tout d'abord celle des lettres de M. SainteBeuve qui peut paraître la plus importante, au point de vue de l'appréciation du caractère et de l'esprit en M. de Talleyrand. Elle est adressée à M. Jules Claretie, qui, après la publication de ces articles dans le journal le Temps, avait envoyé à M. SainteBeuve quelques passages d'une correspondance peu connue de M. de Talleyrand avec la duchesse de Courlande, un entre autres où M. de Talleyrand se montre défendant la cause de l'humanité, pendant qu'on bataillait sur le territoire français, en mars .Voici ce passage, que je copie d'après l'obligeante communication que M. Claretie en a faite à M. SainteBeuve.L'armée française venait de remporter une victoire à Reims:

«Il faut s'en réjouir, écrivait M. de Talleyrand à la duchesse de Courlande (mars), si c'est un acheminement à la paix; sans cela, c'est encore du monde de tué, et la pauvre humanité se détruit chaque jour avec un acharnement épouvantable.»

Ces mots d'apitoiement sur la pauvre humanité, dans la bouche de Talleyrand, ont étonné M. Claretie, qui, comme on sait, fait la guerre à Napoléon Ier.

Talleyrand écrivait encore le mai (au lendemain du traité de paix):

«J'ai fini ma paix avec les quatre grandes puissances: les trois autres ne sont que des broutilles. A quatre heures, la paix a été signée; elle est trèsbonne, faite sur le pied de la plus grande égalité, et plutôt noble, quoique la France soit encore couverte d'étrangers.»

Plutôt noble!...M. SainteBeuve répondit à la communication amicale et toute bienveillante de M. Claretie, qui cherchait, dans ces passages de lettres de Talleyrand, des circonstances atténuantes en faveur de celui qui les avait écrites:

«(Ce avril .)Mon cher ami, je vous remercie de votre aimable témoignage d'attention. Je n'ai pas connu ces lettres à la duchesse de Courlande, qui, je crois, avait été l'amie de Talleyrand, et qui était mère de Mme de Dino. Je suis à l'avance persuadé que tout ce qu'on trouvera de lettres et d'écrits de Talleyrand donnera de lui une favorable idée. Des gens d'esprit comme lui ne mettent jamais le pire de leur pensée ou de leur vie dans des papiers écrits. L'Essai de sir Henry Bulwer est précisément fait dans votre sens, et c'est pour cela que je n'ai pas dû y insister. J'accepte en général les jugements de l'auteur anglais, mais je les complète, et j'y mêle le grain de poivre que la politesse avait toujours chez nous empêché d'y mettre. Il est bien certain qu'à un moment de l'Empire, Talleyrand a pensé que c'en était assez de guerres comme cela et de conquêtes. Il a dit à un certain jour ce mot qui doit lui être compté: Je ne veux pas, ou je ne veux plus être le bourreau de l'Europe.Quant à M. Villemain, je conçois trèsbien, par les sentiments et les passions quasi légitimes qui régnaient alors dans toute une partie de la société et de la nation, qu'il ait fait son fameux compliment à l'empereur Alexandre. Il n'y a pas de quoi lui en faire un crime, car cela s'explique trèsbien; mais pourtant ce n'est pas là un honneur dans sa vie.

»Comment pourraiton admettre que LouisPhilippe eût dit à Talleyrand ce mot au lit de mort:Comme un damné...déjà? Ce sont nos pasquinades à la française. La visite de LouisPhilippe avait plusieurs témoins, et sir Henry Bulwer donne le récit d'un de ces témoins mêmes.

»J'ai du reste écrit ces articles sans aucun parti pris; je comptais d'abord n'en faire qu'un ou deux: le sujet m'a porté. Je ne hais ni n'aime Talleyrand; je l'étudie et l'analyse et je ne m'interdis pas les réflexions qui me viennent chemin faisant: voilà tout.

»J'aurais bien envie de connaître cette correspondance dont vous me citez des mots intéressants. Où estelle? où l'avezvous lue?[].

»Merci encore, et

»Tout à vous, mon cher ami,

»SainteBeuve.»

Dans une autre lettre à M. le comte A. de Circourt, qui lui a de tout temps témoigné la plus vive sympathie, M. SainteBeuve écrivait, après la publication complète de ses articles dans le Temps:

«(Ce mars .)Cher monsieur, votre suffrage m'est toujours précieux, et il me l'est cette fois plus encore, s'il est possible, qu'en d'autres circonstances, eu égard à la qualité du sujet sur lequel, à tous les titres, vous êtes un juge si compétent. Ce Talleyrand a eu bien de la peine à passer au gosier de certaines gens du monde: il y a eu des arêtes: nous sommes un peuple si réellement léger, si engoué de ses hommes, si à la merci des jugements de société, que l'histoire, pour commencer à se constituer, a souvent besoin de nous arriver par l'étranger...»

Et dans une note détachée et inédite, que je retrouve dans le dossier, il disait:

«J'ai écrit de bien longs articles, et pourtant ils sont des plus abrégés et des plus incomplets, je le sens, sur un tel sujet. Ce ne sont pas des articles, ce n'est pas un Essai qu'il faudrait faire sur Talleyrand,c'est tout un livre, un ouvrage, et on attendra, pour l'écrire, que ses Mémoires, base essentielle bien que nécessairement contestable, aient paru.»

De son côté, sir Henry Bulwer, dans une lettre de remercîment à M. SainteBeuve, avait défini ainsi luimême ce qu'il avait voulu faire en écrivant un volume d'Essai sur Talleyrand:

«L'idée que j'avais, dit sir Henry Bulwer, c'était de montrer le côté sérieux et sensé du caractère de cet homme du dixhuitième siècle, sans faire du tort à son esprit ou trop louer son honnêteté.»

Je passe sans transition, et pour finir et ne pas prolonger trop le poids d'une responsabilité qui pèse en ce moment sur l'éditeur seul dans le choix de ces citations authentiques, mais délicates, à un incident qui survint au Temps pendant la publication et dans l'intervalle d'un article à l'autre, et qui avait tout l'air d'une menace. J'ai besoin de citer encore la lettre suivante de M. SainteBeuve à M. Nefftzer pour arriver à celle par laquelle je désire terminer:

«(Ce mars .)Mon cher ami, je serais bien désolé de vous occasionner ainsi qu'au Journal un désagrément: évidemment le procès serait une vengeance (sous forme détournée)...

J'ai fait mes articles sans prévention ni parti pris, reconnaissant les parties agréables et supérieures de l'homme. Que si pourtant on veut la guerre, on l'aura. Je suis en mesure de traiter le point délicat, la participation de Talleyrand dans le meurtre du duc d'Enghien. Je n'ai pas seulement des paroles de tradition, j'ai des textes: j'ai de plus (chose singulière!) une lettre expresse à ce sujet que m'a écrite, après mon premier ou mon second article, M. Troplong luimême. Enfin, au premier mot de déclaration de guerre, je vous propose de vous donner un supplément d'article où je traiterai ce point: «M. de Talleyrand était certainement vénal et corrompu; mais estil vrai que, dans sa longue carrière, il n'ait fait de mal à personne?»

»Et en avant!

»Tout à vous,

»SainteBeuve[].»

«P.S. Dieu nous garde, si un intérêt majeur pour eux y est engagé, de la douceur des corrompus!»

Voici la lettre de M. Troplong, bien près de sa fin alors luimême (il est mort le er mars suivant), et qui ne se contentait pas de répondre par l'envoi d'une simple carte aux lettres polies par lesquelles un collègue s'excusait, pour des raisons de santé trop justifiées, de ne pouvoir assister aux séances du Sénat:

«(Palais du PetitLuxembourg, le février .)Mon cher collègue, je regrette bien d'apprendre par votre bonne lettre que l'état de votre santé nous prive de votre présence et vous retient chez vous. Mais heureusement qu'il sort de votre studieuse prison des morceaux littéraires que recherchent tous les gens de goût. J'ai lu vos derniers articles sur ce bon sujet de Talleyrand, comme disait M. de Maistre dans ses lettres. Vous avez parfaitement raison quand vous inclinez vers l'opinion qui le regarde comme un des instigateurs de l'arrestation et du meurtre du duc d'Enghien. Au témoignage de M. de Meneval que vous opposez au livre de M. Bulwer, on peut joindre celui de M. Rœderer (Mémoires, t. III, p.). Il y a aussi un ouvrage qui jette beaucoup de jour sur cette affaire, c'est celui de M. de Nougarède, intitulé: Recherches sur le procès et la condamnation du duc d'Enghien (vol.). Ces documents mettent dans la plus grande lumière l'imposture de M. de Talleyrand voulant dégager sa responsabilité de ce fatal événement.

»Mais je m'aperçois que je porte de l'eau à la fontaine, tandis que je ne veux que vous offrir tous mes sentiments empressés de bon et dévoué collègue,

»Troplong.»

Au dernier moment, M. de Chantelauze, un ami de Lyon, avec qui M. SainteBeuve s'entretenait par lettres de tout sujet, mais surtout du cardinal de Retz, me laisse copier, dans une lettre de M. SainteBeuve, un passage qui est un premier mot de causerie sur Talleyrand. La préoccupation du maître était déjà tournée sur le personnage, et il m'a dit une fois que le sujet l'avait bien des fois tenté, sans qu'il eût jamais eu occasion d'écrire sur lui: «Mais il y a, ajoutaitil, un portrait à faire.» La lettre qu'on va lire, antérieure de près de deux ans à la publication des articles qui ont paru dans le Temps, me semble être le fruit et le résumé d'une opinion qui n'a pas changé:

»Je reçois et je lis cette seconde partie (d'un Mémoire sur le cardinal de Retz, inséré en appendice à la fin du tome V de l'édition définitive de PortRoyal...) Vous nous y faites voir en effet Retz bien misérable, et s'il a eu de l'amourpropre et du faste en public pendant sa période révolutionnaire, il le paye amplement par ces misères d'intérieur et ces petitesses qui nous sont révélées. Vous m'avez écrit dans le temps un mot qui me revient, que M. de Talleyrand ne serait qu'un enfant de chœur auprès de lui. Hélas! M. de Talleyrand n'avait peutêtre à son avantage de plus que Retz, qu'un grand sens, une vue plus juste des situations. Quant au fond, il était peutêtre pire, certainement vénal et, de plus, malgré sa douceur apparente de mœurs et de ton, ayant si peu de scrupule pour les actes qu'il y a trois points de sa vie qui font trois doutes presque terribles:la mort de Mirabeau,l'affaire du duc d'Enghien,l'affaire de Maubreuil. Je ne veux pas dire que deux ou trois doutes équivalent à une affirmation. Retz devait avoir un peu plus de générosité que lui...»

Et dans une autre lettre, trèspeu de temps après (février), à M. de Chantelauze, M. SainteBeuve complétait ainsi son parallèle entre Talleyrand et Retz:

«... Vous avez mille fois raison sur M. de Talleyrand: Retz avait tout autrement d'essor, et, auprès de lui, le princeévêque n'était qu'un paresseux, mais un paresseux qui a bien su prendre ses moments...»

Chacun de ces traits nous a paru bon à recueillir à côté de la grande esquisse dont M. SainteBeuve disait luimême qu'on ne peut encore aujourd'hui, et tant que les Mémoires de M. de Talleyrand n'auront pas été publiés, écrire un travail complet sur celui qui résume le mieux en lui, dans les temps modernes, tous les sens du mot grec ὑποχριτης (hypochritês).